人妻手記

とにかく不倫したい女たち
～妻たちの真実告白

竹書房文庫

第一章 とろけるような不倫

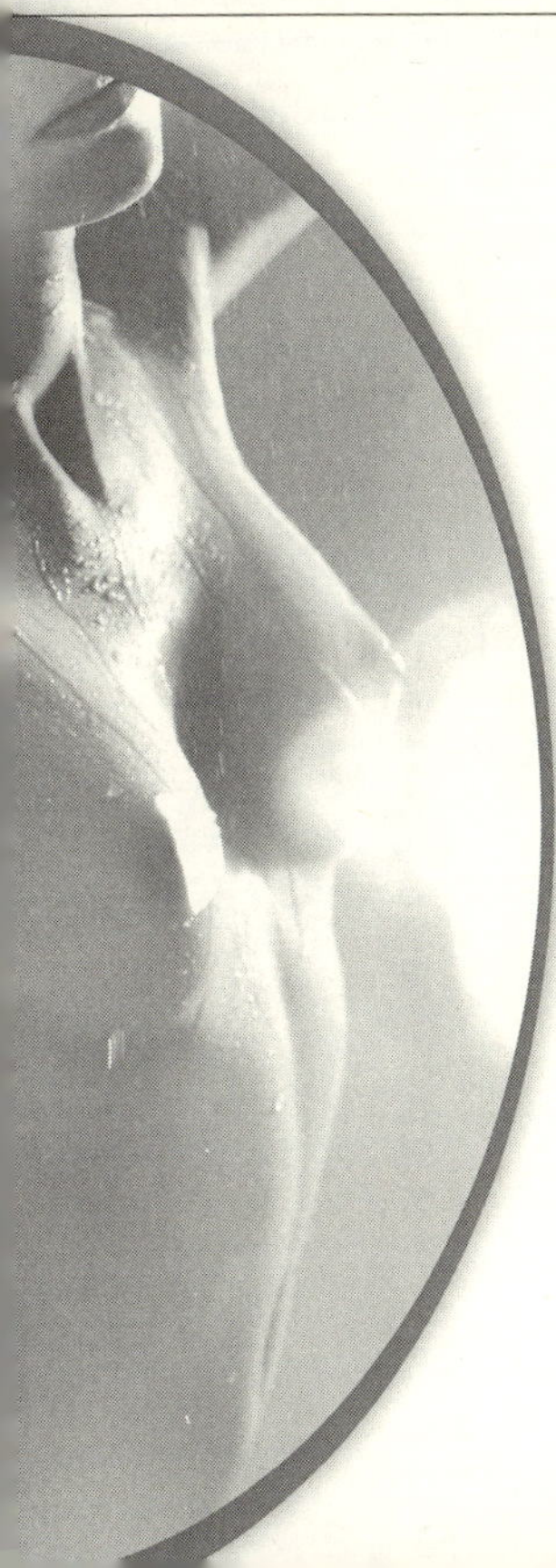

第二章
ふるえるような不倫

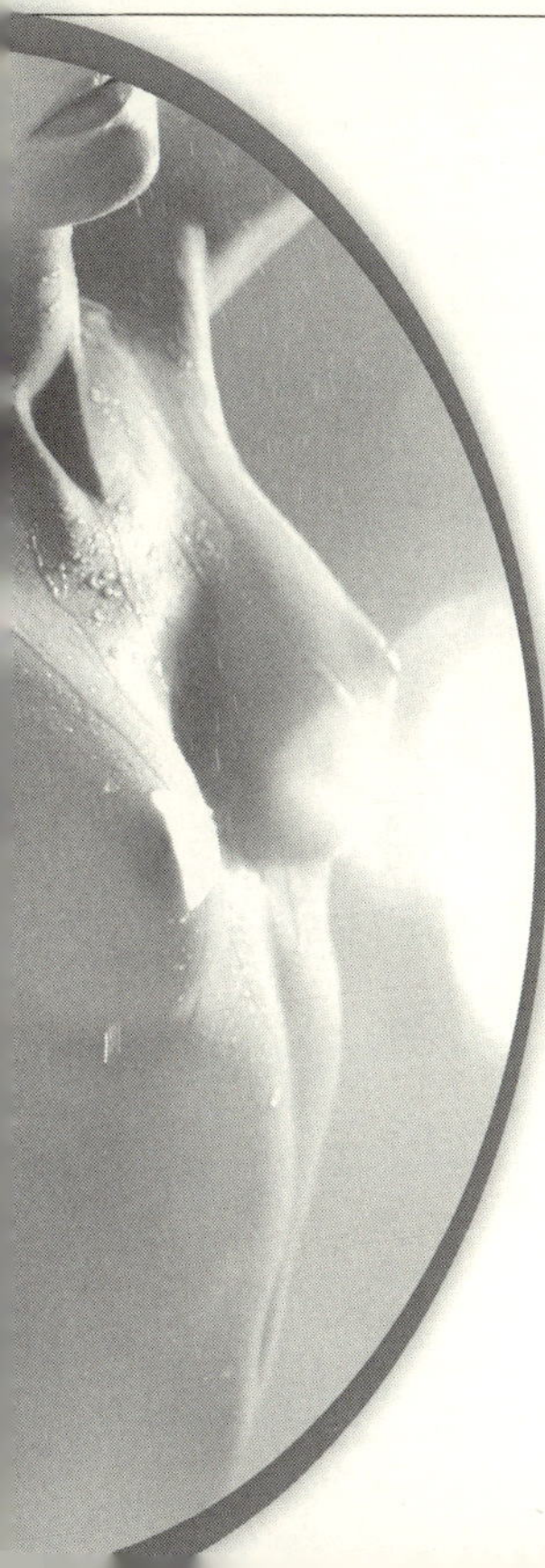

第三章
はじけるような不倫

若い欲望のたぎりを肉体の奥の奥まで叩きつけられて！ ……………… 153
投稿者 黒沼佳純（仮名）／41歳／自営業

絶倫シニア入院患者と深夜のイケナイ看護活動に耽って ……………… 159
投稿者 笹木あゆみ（仮名）／26歳／看護師

満員のエレベーター内で痴漢の指に翻弄されてしまった私 ……………… 165
投稿者 間宮恵理子（仮名）／32歳／専業主婦

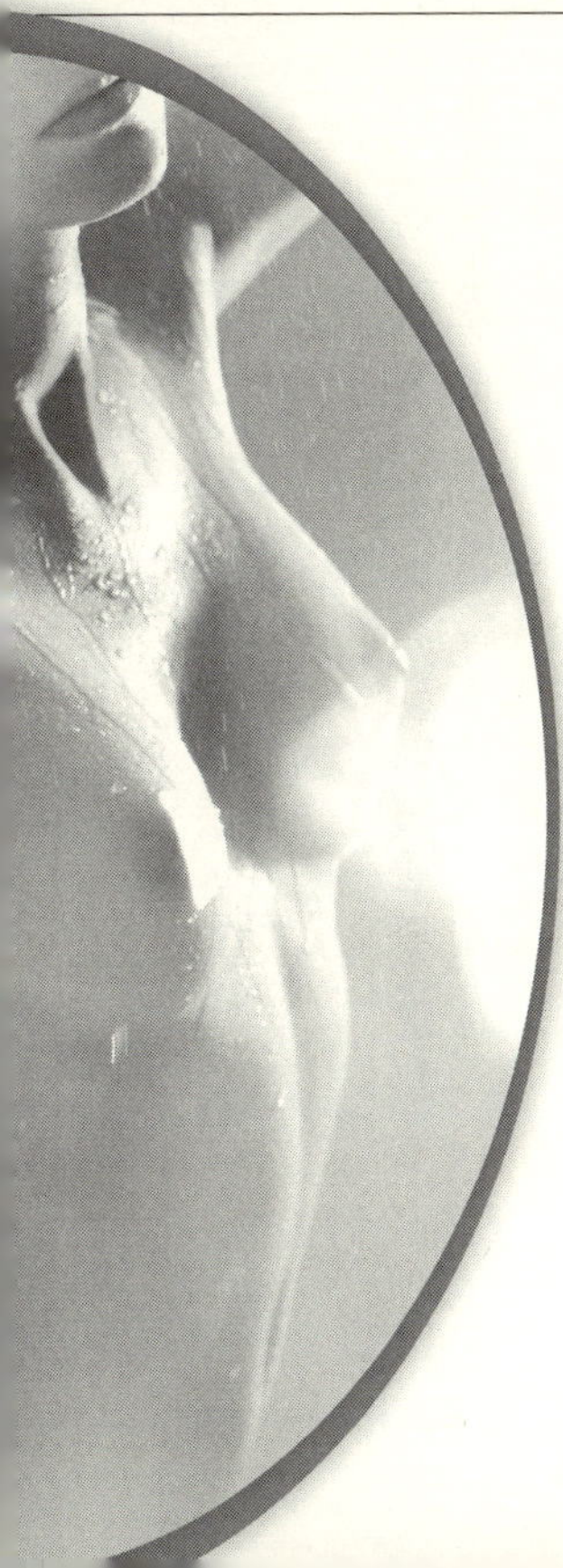

第四章
こぼれるような不倫

パート先のお客様を愛し抱かれてしまった私は不貞妻 …… 172
投稿者 村川はるか（仮名）／36歳／パート

夫に裏切られた妻同士、際限のないレズ快感に溺れて！ …… 180
投稿者 荒木里佳子（仮名）／29歳／専業主婦

夫との欲求不満を巨根セフレとのSEXで晴らすあたし …… 186
投稿者 八重樫みどり（仮名）／26歳／OL

ハローワークで知り合った彼との最後の逢瀬に燃えて …… 193
投稿者 君島ゆかこ（仮名）／36歳／専業主婦（失業中）

狭い試着ブースの中でお客のアレを咥える私の営業活動 …… 199
投稿者 山内エリカ（仮名）／27歳／販売員

憧れの店長との口止め3Pセックスの蕩けるような快美感 …… 205

投稿者 峰村さやか（仮名）／31歳／パート

卒業単位取得のためにドM教授を淫らに責めいたぶって！ …… 211

投稿者 岩瀬京子（仮名）／22歳／大学生

一つ屋根の下に住む義弟との背徳の快楽関係に溺れて！ …… 218

投稿者 八木百合子（仮名）／33歳／専業主婦

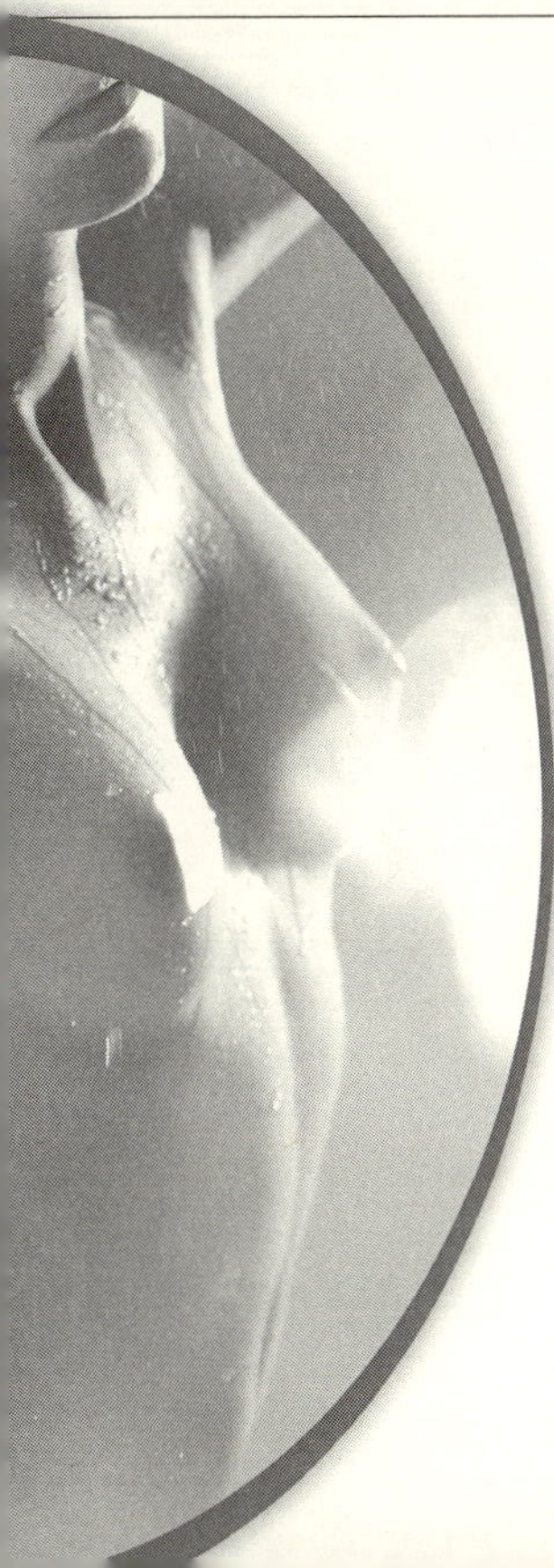

第一章
とろけるような不倫

■彼は下から手を伸ばして、私のタプタプと揺れるGカップの乳房を揉みしだいて……

浮気された復讐に夫の同僚男性の肉体をむさぼった私！

投稿者 木崎あかり（仮名）／三十一歳／専業主婦

こともあろうに、夫の同僚男性と深い関係になってしまいました。

しかも、夫と同期入社の親友ともいえる相手です。

きっかけは皮肉な話ですが、夫の浮気でした。

ある時期からいきなり夫の帰りが遅くなり、毎晩のように午前様に。そのうちに無断外泊することも多くなり、最初は私も、最近仕事が忙しくなってきたって言ってたから仕方ないよね……と、不審を抱くどころか、真剣に夫の身体の心配をしていたぐらいでした。同時に、夜の夫婦生活のほうもほとんどなくなってしまい、疲れが溜まってるんだろうな、と解釈していたものですから。

でも、ある日のことでした。

例によって夫は午前様だったのですが、私はその喉元に見てしまったのです。くっきりと、鮮やかに刻みつけられたキスマークを。

それはまるで、相手の女が私に対して突きつけた挑戦状のように思えました。

あんたのダンナは私のモノよ、と。

そして、思い余って相談したのが、夫の同僚の松森さんだったのです。

松森さんは、夫のよきビジネス・パートナーであり、また同時に気の置けない友人として、私もこれまで幾度となく接したことがあり、全幅の信頼を置ける相手でした。

そして正直、異性としても実は憎からず思っていた人だったのです。

「そうか、とうとうそんなことに……」

彼と連絡をとり、ある日二人きりで喫茶店で会うと、どうやら夫の浮気のことは知っていたようでした。でも、夫からくれぐれも私には言うなよ、と釘を刺されていたということで、仕方なく看過していたということだったようです。

「あかりさん、ごめんね。俺も何度となくあいつに、あんないい奥さんを裏切るなんてよくないって、早く浮気をやめるように言ってたんだけど……しかも、相手の女がまた、社内でも札付きの〝公衆便所〟でさ、ろくなことにならないって」

私はショックでした。

松森さんが夫の浮気を知りながらも黙っていたことは、友人という立場上、まあわからないではないですが、まさか夫がそんな程度の低い女との関係に血道を上げているだなんて……私は、そんなのより劣るっていうこと？

「私……そんなに女として魅力がないんでしょうか？」

思わず、松森さんの目を見据えて問いかけてしまいました。

すると、一瞬びっくりしたような表情をしたあと、すっとやさしげな笑みを浮かべた彼は、こう言ってくれました。

「とんでもない。僕に言わせれば、あかりさんのほうが百倍、いや千倍も魅力的だよ。俺がもしまだ結婚してなかったら、言い寄りたいくらい……」

心臓がドキンとしました。

そして、思わず自分でも信じられない言葉が……。

「私は……いいよ、松森さんが結婚してても。だって、不公平じゃない？　あの人が好き勝手してるっていうのに、私たちだけ貞節を守るだなんて。私は……松森さんに抱かれたい……」

裏切られたのは私だけなのに、私は勝手に〝私たち〟と、さも同じ被害者同士のように自分たちのことを呼び、じっと彼の瞳を見つめました。自分でも、熱く潤んでいるのがわかった上での行動です。

そうです。心憎からず思っていた松森さんから、あまりにも嬉しい言葉を聞いた私は、いつの間にか〝夫に裏切られて傷心に沈む妻〟から、〝夫への復讐セックスに燃える肉食系人妻〟に完全にシフトチェンジしてしまっていたのです。

これまで、自分のことを控えめで貞淑な女だと思っていた私ですが、その分、裏切られたときの反動はあまりにも大きかった、ということなのでしょう。

「じゃあ、行こうか」

私の熱く潤んだ視線を受け止めて、しばらくじっとしていた松森さんでしたが、急に意を決したように立ち上がると、伝票を摑んでレジへと向かいました。

私は慌てて、でも浮き立つような軽やかな足取りで、そのあとを追ったのです。

時刻は夜の九時を回っていました。

私は小走りに松森さんに追いつくと、さりげなく腕を組み、並んで歩きだしました。

「本当に……いいの？」

「うん……早く松森さんに抱かれたい……」

彼は私の言葉を確認すると、がぜん自分から組んだ腕に力を込めてリードしていき、五分ほどそのまま歩いたあと、裏通りにあるホテルに入っていきました。

できてから、もう相当に古いホテルなのでしょう、入った部屋の調度品は時代遅れ感満点に古めかしく、壁なんかも薄汚くすすけた感じがします。でも、部屋の中央に置かれた大型の円形ベッドのシーツはパリッと真っ白に清潔で、見上げた天井は一面の鏡張りで……なんだか、ああ、私いよいよこれから不倫するんだ……という気分が沸々と湧き上がってきました。

「くどいようだけど、本当にいいの？」

「んもう、ホントくどい！　私は今、カラダの奥底から松森さんに抱かれたいの！」

二人それぞれシャワーを浴びたあと、お互いに裸の上にガウンを羽織り、ベッドの縁に並んで腰かけてから彼がまた聞いてきて、私はじれったく思いながら答えました。

そして、信じられないことに自分から彼を押し倒していたのです！

「ああっ、松森さん！　ほんとは……ずっと好きだったの！」

狂おしくそう言いながら、私は彼のガウンを脱がし、その胸にすがりついていました。剝き出しになった、思いのほか小粒の乳首に舌を這わせ、チュウチュウと吸い上げながら、一心不乱に口唇愛撫していました。

「ああ、あかりさん、そんな、んんっ……」

彼は甘ったるい喘ぎ声を上げつつ、お返しとばかりに私のガウンも脱がすと、下から手を伸ばして、上になった私のタプタプと揺れるGカップの胸を揉みしだいてきました。時折さりげなくコリコリッと乳首を摘まみひねる、その手わざから、かなりのテクニシャンぶりが窺えるというものです。

「あふっ、ああ……んんっ！」

　私はその快感を悦びながらも、ずりずりと体を下げていって、今やしっかりと大きくなっている彼のペニスを口で咥え込みました。夫とはかれこれ半年はしてませんから、久しぶりに味わう男根のテイストはなんとも格別でした。

「んふっ、んじゅぷ、ぐぅ……くふぅ……」

「あ、ああ、あかりさん、す、すごい、気持ちいい……」

　彼のより大きな喘ぎ声を聞きながら、ああ、松森さんをもっと悦ばせたい……と、ますますテンションの高まった私は、これまで一度もやったことのない行動に出ました。自分の左右の乳房を両手で摑むと、私の唾液と先走り液でダラダラに濡れた彼の勃起ペニスを挟み込み、ニュルニュルとしごきだしたんです。

　人生で初めてのパイズリでした。これまで幾度となく夫から要望はされていたのですが、なんとなく気持ちが乗らなくてやったことのなかった行為。でも、松森さんのためなら、進んでできたんです。

「うくぅ、はぁうぅ……そ、そんな、あかりさん……き、気持ちよすぎるよ！　ああ、豊満なオッパイがチ〇ポに絡みついて……ああっ、もう、もうダメだぁ！」

パイズリに信じられないくらいヨガってくれた松森さんは、いきなりガバッと身を起こすと、今度は私の身を押し倒して上から覆いかぶさってきました。

「ふぅ、アブナイ、アブナイ。あかりさんのパイズリがあんまり気持ちよすぎて、出ちゃうところだったよ」

「よかった……私、生まれて初めてのパイズリだったんだよ?」

「ほんとに? 嬉しいなぁ。じゃあ、俺もその気持ちに応えられるよう、全力で愛しちゃうよ。そうだ、コンドーム、コンドーム……」

彼がそう言って、部屋の隅に設置された自販機のところに行こうとしたので、私はそれを押しとどめて言いました。

「あ、大丈夫よ。さっきちゃんとピル呑んだから。松森さんの……ナマで思いっきり奥まで入れてほしいの……早くぅ!」

「そうか……そういうことなら、喜んで!」

彼は満面の笑みを浮かべると、私の両脚を左右に大きく押し広げ、すっかりドロドロに濡れまくっているアソコに、ビンビンに昂ぶった剝き身のペニスをズブズブと突き入れてきました。

熱くて硬くて大きくて……待ちわびた感覚が私の膣内をいっぱいに満たし、彼がヌップ、ヌップと腰の突き引きを繰り返すたびに、快感の火花が弾け、それは次第に大きく激しくなっていきます。

「ああっ、あひぃ、はあぁぁっ……！」

私は両脚でギュ～ッと彼の腰を挟み締めつけ、より深くペニスの力感を味わおうと、もう無我夢中でした。そして……、

「ああっ、あかりさん、もう……もう限界！　出すよ、いい？」

「あああああっ、いいわぁ、出してぇ、中に思いっきり出してぇっ！」

二人ほぼ同時にクライマックスに見舞われ、私は彼の大量の白い肉汁を体の奥底で受け止めながら、失神寸前の絶頂を迎えていたのでした。

事後、松森さんは別れ際に、

「またいつでも相談に乗るからね」

と言ってくれて、そこで私はすかさず、

「じゃあ、来週！」

と、応えていました。

■チュウチュウと唇を吸い合い、舌を絡ませ合ってお互いの口の中をまさぐり合って……

とにかく惚れっぽいあたしの行きずりカイカンSEX

投稿者 片桐彩（仮名）／26歳／パート

あたし、昔っからすっごく惚れっぽくて、自分でもいやになっちゃう。

そんな中でも、今のダンナのことはもうかつてないくらい好きになって、これから先、もうこの人以上に愛せる相手には絶対に出会うことはない、って強く信じて結婚したはずなのに……なんだかもう、そのあと三人の男の人のこと好きになって、結局三人ともとエッチしちゃった。は〜っ、あたしってば……。

もういい加減にしなくちゃ、って今度こそ、ダンナ一筋に愛を貫くぞ！　って誓ったばっかりだっていうのに、つい最近、また別の人を好きになっちゃった。

だって、そのときのシチュが、もうヤバイんだもの！

あたし、自分で言うのもなんだけど、童顔でかなり可愛くて、しかもオッパイもけっこう大きいからかもしれないけど、しょっちゅうナンパされるのね。

で、そのとき、パートが休みの日だったから、街をぶらぶらと買い物してたんだけど、なんだかタチの悪そうな感じの野郎二人連れにまとわりつかれちゃったのね。いくらヤダって言っても、そりゃもうしつこくて……と、そんなあたしを助けてくれたのが、見るからに体鍛えてますって感じにゴツイ、三十歳くらいのお兄さんだったの。

「おまえら、彼女いやがってるじゃないか。まだつきまとうって言うんなら、俺がとことん相手してやるけど？」

ってスゴんで、そいつらそそくさと逃げてったわ。ざまあみろよ！

で、その助けてくれた彼ったら、さっさとどこかに行こうとするから、あたし、慌てて呼び止めて、

「あ、あの、ありがとうございます！　すっごく怖かったから、本当に助かりました！　お礼にお茶でもゴチソウさせてください」

って言ったわけ。

でも、彼ったら、そんなの気にしないでくださいって、かっこよく行っちゃおうとするから、なんだかあたし、その硬派な態度にズキンときちゃって……ああ、この人に抱かれたい！　って、あっという間に恋に落ちちゃった。

それで必死で彼を引き留めて、なんとか説得して一緒に喫茶店に行って、さらに少しお酒でも飲みましょうって感じに持っていって、居酒屋に行ったの。その日は、ダ

ンナが残業で帰るのが遅いっていうのがわかってたから。

そしたら、その居酒屋が意外にもけっこう混んでて、カウンター席しか空いてなかったのね。あたしとしては、こりゃラッキーって感じだった。最初っから接近戦に持ち込めるなんて、願ったりかなったりってものよ。

そして、お酒が進むうちに、あたしはどんどん大胆になっていって、けっこう出来上がってきた彼にピッタリ密着状態。さりげなく自慢のオッパイが肘に当たるようにして、彼の様子を窺って……そしたら、あんなに硬派な感じだった彼の目がトロンといやらしい感じに濁って、自分の肘に触れてる……っていうか、けっこう食い込んでるあたしのオッパイをガン見してきて！

よし、ここが攻めどきよ！　って思ったあたしは、彼の耳元に息を吹きかけるようにして、こう言って囁いてた。

「そのたくましいカラダで、あたしのこと抱いて……もう、たまんないの……」

すると彼は、がぜん鼻息を荒くして、あたしの肩をグイッと抱いてきて……もう完全に作戦成功を確信しちゃった。

それからあたしたちは、すぐさま近所にあったホテルに向かったわ。

部屋に入るなり、すっかり野獣状態になってた彼は、あたしの服を引きちぎるようにして脱がせ、自分も裸になってむしゃぶりついてきたわ。

「ああん、そんなにがっつかないでぇ。あたし、どこにも逃げないよぉ」

あたしはそう言って息まく彼をなだめるようにすると、あぐらをかいた膝の上にまたがる格好になって、彼にキスをした。最初は絶対にキスから、それがあたしのルール。だって、エッチするときは、誰が相手だってその瞬間は恋人同士なんだから。まずはキスで気持ちを通わせ合うのが当然でしょ？

チュウチュウと唇を吸い合い、舌を絡ませ合ってお互いの口の中をまさぐり合い……溢れ混じり合ったお互いの唾液が、ダラダラと二人の顎から喉元へと滴り落ちていく。ああ、このプロセス、大好き！

「はぁ……ねえ、オッパイ舐めて？」

続いてあたしがそう言うと、彼は待ってましたとばかりに少し身を屈めて、乳房にむしゃぶりついてきた。そう、こうやって自分の胸を夢中になって舐めてる男の後頭部を見下ろすのが、あたし、なんだかすごく好きなんだなあ。お母さんになったみたいな感じ？　違うか！（笑）

「ううん……はぁ、いいわぁ、いい気持ち……」

どんどん気持ちよくなりながら下腹部を見下ろすと、もちろん、彼のオチン〇ンはもう、ものすごく硬く大きくなってる。ついでに言うと、あたしのオマ○コも当然のごとく、もうビチャビチャに濡れてます！

「はあぁ……お、俺、もうたまんないよぉ、ねぇ、入れちゃダメ？」

彼がすっごく、いっぱいいっぱいの表情でそう聞いてきた。

ええっ、まだ前戯も全然終わってないよお？

あたしは正直、不満たらたらだったけど、無理やりフェラとかなんとか続けて、もしも彼がガマンできなくて出しちゃったりしたら、それが一番いやだったから、彼の願いを受け入れてあげることにした。そりゃあこれだけのガタイだから、一発くらい出したって、すぐ二発目ができるかもしれないけど、絶対に最初の一発目の勢いにはかなわないって、あたし思ってるの。あの、溜まりに溜まったものが膣の中にビュッ、ビュッって来る感覚が、とにかく大好きなのよ。

「わかったわ。じゃあいいわよ、きて」

あたしに促されて、彼は勃起ペニスを振りかざしながら覆いかぶさってきた。

そして、そのたぎりきった熱い塊を、あたしの中に突っ込んで……。

「あっ、ああ、はぁ、あはぁっ……」

もうすごく気持ちいい。

太い肉竿にクリトリスが押しつぶされるようにされ、ヴァギナがえぐられ、膣奥をズンズンと貫かれて、たまらない快感が押し寄せてくる。

「はぁ、はぁ、はぁ……ううっ、す、すげぇ締まるぅ……ああっ、俺、もうダメかも……あっ、あっ、イ、イキそう……！」

「ああ、はあっ、イクの？　出るの？　あたしも、あたしもすっごくいいかんじぃ！」

彼のピストンが急速にスピードアップして、一瞬止まったと思った瞬間、あたしは膣奥に熱湯がぶち当たるような衝撃を感じながら、激しくイッちゃってた。

またやってしまった……家に帰ってから、自分のダメさ加減をものすごく反省したあたしだったけど、もうこの際、博愛主義ってことで開き直ったほうがいいかもしれないね？

■彼のペニスは子宮に届けといわんばかりに、ズンズンと上下に大きく抜き差しされ……■

狭い個室トイレで激しく悶えまくった町内会納会の夜

投稿者 三田村由里（仮名）／33歳／パート

今年、町内会の役員を仰せつかり、会計係として、町内会費の集金や、その督促、予算の出納に管理にと、私、とにかく一生懸命がんばりました。やっぱり、なんといってても何かにつけ、お金のことが一番大事ですもんね。

でも、実は、それらをすべてちゃんと自分一人の力でやり通せたわけではありません。細かいミスがたくさんあったのですが、それらを密かに助けてくれた存在がいたのです。それは、町内会副会長の北島さん（四十一歳）でした。

彼は文房具屋さんを自営しているせいか、計算関係に非常に強く、よほど私のことが頼りなく見えたのでしょう、何かにつけ助言をくれ、時には計算作業を手伝ってくれたりしたのです。しかも、北島さんは町内でも評判のなかなかのイケメンで、私はちょっとした恋心を抱くようにもなっていたんです。

そして、その彼のおかげもあってか、なんとか無事、任期の一年を乗り切り、この春、晴れて納会が開かれることになりました。

会場は馴染の居酒屋さんで、二階の大広間を借り切って行われました。

「みなさん、一年間、本当にお疲れ様でした。おかげさまで無事、今期を終えることができました。それでは、みなさんの労をねぎらって、カンパーイ！」

「カンパーイ！」

町内会長さんが乾杯の音頭をとり、みなさん、これでやっと責務から解放されるとばかりに飲み、食べて、大いに盛り上がりました。

私も、よほどホッとしたのでしょう、いつも以上にお酒が進み、かなり酔いが回ってしまいました。アルコールでボーッとした頭でたたずんでいると、

「三田村さん、本当にお疲れ様。よくがんばったね」

と、他でもない北島さんが声をかけてきてくれました。

「あ、ありがとうございます。本当に北島さんにはなんと言ってお礼を言ったらいいのか……もし、北島さんがいなかったら、私、どうなっていたことか……」

「いやいや、三田村さんのがんばりあってこそだよ。とにかく、乾杯！」

と、あれこれと話すと、北島さんは席を離れていき、私は、（あ〜あ、いっちゃった……もっと話したかったなぁ……）と、少し残念に思いながらも、その後、同じ主

婦役員と話が弾み、しばし時間が過ぎました。

そうこうするうち、私は尿意を催してきて、トイレへと席を立ちました。

二つある個室トイレの一つで用を足し、ふーッと少し酔いを落ち着かせたあと、私はドアを開けようとしました。すると、少し開いたドアの外に人影が見えました。

一瞬驚いた私でしたが、なんとそれは他でもない北島さんだったのです！

「あ、北島さん……びっくりしたぁ……」

私はひと安心してそう言ったのですが、実は、安心してる場合じゃなかったんです。

北島さんはぐいっとドアを開けて狭い個室に入り込んでくると、そのまま私を便座のふたの上に押し戻す格好で座らせ、覆いかぶさるようにキスしてきたんです。

（え、ええええええっ⁉）私はあまりに突然の出来事になんの抵抗もできず、目を白黒させながら、ただただ北島さんのキスを受け入れるしかありませんでした。

でも、なんといっても恩人であり、異性としても憎からず思っていた相手です。

唇を吸われ続けているうちに、うっとりとなってきてしまい、いつの間にか全身の力が抜けて、北島さんに身を預ける感じになってしまったのです。

すると、ようやく北島さんが口を開きました。

「ごめんね、三田村さん。突然こんなことしちゃって。普通に行ったら、拒絶されるかもしれないって、自信がなかったから……もうずっと、三田村さんのことが好きだったんだ」

北島さんの思わぬ告白に、驚いた私でしたが、すぐに嬉しさが湧き上がってきました。(ああ、私の片想いじゃなかったんだ……北島さんも私のことを!)

「ああ、嬉しいです……私も前から北島さんのこと……」

そう応えると、彼は一段と力を込めて私を抱きしめ、さらに濃厚にキスをしてきました。まるで何日も飢えていた狼が、ようやくありつけた獲物の肉をむさぼり食べるように、私の唇を激しく吸い、舌を舌で絡め取り、ジュルジュルと音をたてながら口腔内を舐めしゃぶって……そのめくるめくような甘美な感覚に、どんどん私は気が遠くなってしまっていくようでした。

すると、彼は次に私の着ていたセーターをたくし上げ、ブラもずらし上げると、プルンとまろび出た乳房にむしゃぶりついてきました。しゃぶしゃぶと全体を舐め回し、乳首に吸いつくと、ふがふがと鼻息を荒くしながら啜り上げるようにしてきました。

「あん、ああ……北島さん、そんな、こんなところで……そんな……」

私は悶えヨガりながらも、さすがにそう言って抗ったのですが、

「ああ……でも、三田村さん、俺の奥さんがどんなに嫉妬深いか知らないだろ? 本

当にいつも俺のことを監視してて、ちょっとやそっとじゃ他の女と逢引きすることなんて、とても無理なんだ。だから……今しかないんだよ」

という彼の切羽詰まったような訴えを聞き、なんだかますます彼のことが愛おしくなってしまいました。（ああ、そこまでして私のこと抱きたいと思ってくれるなんて……もう、北島さんにならば何をされてもいい……！）

「わ、わかりました……」

幸い、個室トイレは二つありますから、ここがふさがっていても、まあなんとかなるでしょう。私は、自分からも強く彼に抱きつきました。

「でも、くれぐれも声は抑えてね」

北島さんはそう言うと、下半身をもぞもぞさせたかと思うと、ブリーフの前からペニスを取り出してきました。もうすでにギンギンに勃起したそれを、この体勢から取り出すのはかなり大変だったようですが、それでもなんとか全身を現したソレは、トイレの少しオレンジ色がかった照明の中で、先端を透明な汁でテラテラと輝かせながら、えも言われない淫靡さをまとっていました。

そして、狭い個室内で私たちはなんとか体勢を入れ替えて、彼が便座の上に腰かけ、私が彼の膝の上に乗っかる形になることができました。

「ああ、三田村さん……じゃあ、入れるよ?」

「ああ、北島さん、はぁ……は、はい……」

彼の手によって、軽く体が持ち上げられると、次の瞬間、下から私の膣内にズブズブとペニスの力感が入り込んできました。それはあっという間に奥まで達し、子宮に届けといわんばかりに、ズンズンと上下に大きく抜き差しが始められました。

「ああっ……はぁ……ふ、ふぅ……ん……」

「はぁ……は、は、はぁ……」

二人の必死に押し殺した喘ぎ声が淫らに個室内にこだまし、ぐんぐんと私の中にエクスタシーの波が押し寄せてきました。

「はう……北島さん、もう、もうイッちゃいそうです……んふぅ……」

私がそう叫ぶように囁くと、彼のほうも、

「ああ、俺も……はぁあ……」

そう喘ぎ、一段と私の体を上げ下げする勢いと、自らの腰を跳ね上げる動きを激しくして……そして、とうとう……、

「んくぅ……で、出る……っ、んふぅ……!」

「ああ……あぅ……んんんんんん……っ……!」

私は自分の手の甲を噛んで必死に声を抑えつけながら、彼の爆発を胎内で思いっきり感じつつ、絶頂に達していたのです。

その間、実は十分もかかっておらず、少し時間差でトイレから戻ってきた私たちのことを訝しむ人は、誰もいないようでした。

北島さんとの関係はこのとき一度だけですが、あの興奮と快感は、一生忘れられないことでしょう。

■コーチは私の練習用ブルマーの股間にキュッと指先を押しつけてきて……

ママさんバレーの淫らな居残り練習にヨガり悶えて！

投稿者 和田美紀（仮名）／28歳／専業主婦

ママさんバレーをしています。

中学、高校とバレー部でバリバリの体育会系少女だったもんで、もちろん今のチームではエースです。

でも、私がママさんバレーを一生懸命やる理由は、ただ好きだから、という理由だけではなく、大きな動機がもう一つ……実は、溜まりに溜まった欲求不満の発散のためでもあるんです。

昔、保健体育か何かで習ったと思うけど、〝昇華〟っていうやつ？　スポーツとかで体を動かすことによって、肉体のフラストレーションを解消するっていう、アレです。

それというのも、うちの夫が最近めっきりセックスレスで……いや、浮気してるとかそういうのじゃなく、純粋に仕事が大変で、体力も気力も追いつかないみたい。

で、私は仕方なく、悶々とする心とカラダを鎮めるために、ひたすらママさんバレーの練習に打ち込んでるっていうわけです。

でも、新しくやってきたコーチに、どうやらそのことを見抜かれちゃったみたいで……ある日、チームの練習後、私一人が居残り練習を命じられました。

私は内心、ゲェッと思ってしまいました。

だって、昔実業団にいたことがあるっていうそのコーチ、指導自体はなかなか上手だけど、まだ三十歳ちょっとだというのに、けっこう頭も禿げあがって、ぜい肉もついてて、まったくもって私の嫌いなタイプの見た目なんだもの。

でも、まあ仕方ありません。私は言われたとおり、他のチームメイトが帰ってしまったあと、一人居残りました。

コーチと二人きりになって静まり返った広い体育館の中、私は一体どんなシゴキがあるのだろうと、内心ちょっとドキドキしていました。

ところが、つかつかと歩み寄ってきたコーチは、私に向き合うと、思いがけない言葉をかけてきたんです。

「気持ちとカラダのアンバランスさが、プレーに出てしまってるみたいだね。それを根本的になんとかしないと、エースの本領を発揮できないよ」

「え……？　それってどういう……？」

私がきょとんとしていると、コーチは、

「それは、こういうことだよ」

と言って、いきなりムギュウと私の乳房を鷲掴んできたんです！　練習後でビッショリと汗まみれになったTシャツの下で、スポーツブラで覆われた私のHカップのオッパイが無残にひしゃげました。

「！　な、何するんですか！　やめてください！　大声あげますよ！」

「いいよ、どうせもうここには僕たちしかいないんだ。いくら叫んでも誰にも聞こえないし、逆に疲れるだけだよ」

コーチはまったく動じることなく、さらににじり寄ると、汗ばんだ私のうなじにクンクンと鼻を這わせ、

「ん〜ん、この甘酸っぱいメスの香り……いいねぇ〜。この匂いだけで、ほら、僕のここ、もうビンビンになっちゃったよ」

と言い、思わずそこを見てしまうと、確かにジャージの股間部分が異様に盛り上がっているのがわかりました。

「ほら、君だってコレが欲しいんじゃない？　正直に言ったほうがいいよ。これまで

伊達にたくさんのママさん選手を指導してきたわけじゃない。欲求不満かそうじゃないかなんて、一目でお見通しさ。相当溜まってるよね？」

コーチはそう言いながら、とうとう私のカラダを抱きしめてきました。

「きっとダンナさんに可愛がってもらってないんだねぇ。こんな、あの元全日本の木村○織なみのすごいボディだっていうのに、なんてもったいない……」

「あん、やだ、そんな……」

と、口ではちょっと抗って見せながらも、選手として大好きだった私は、木村○織と言われて、正直悪い気はしませんでした。それどころか、タイプじゃないはずのコーチに対して、だんだん気持ちも体も昂ぶってきちゃって……一度冷えてしまったはずの汗だくの肉体が、内側からカーッと熱くなってくるようでした。

「ふふ、全然いやなんかじゃないでしょ？　ほら、こっちももう湿ってきてるんじゃないのかい？」

コーチはそう言って、私の練習用ブルマーの股間にキュッと指先を押しつけてきました。途端に電流のような甘美な刺激が走りました。

「あ、ああ……や、ああん……」

「ふふ、まだそんなこと言って……ほら！」

コーチの指の押しつけがさらに強くなり、ブルマーとショーツの布地を通してグリグリとアソコをこじられて……あまりの気持ちよさに思わず腰が砕けそうになっちゃいました。すると、

「あ、ほらほら、エッチなお汁がこんなに……！」

というコーチの声に自分の股間を見下ろしてみると、本当に信じられないことに、私のブルマーの股間を濡らした淫ら汁が、その裾から太腿の付け根へと滲み溢れ出し、淫靡なてかりを放っていたんです！

「あ……やだ、ああん……だめぇ……」

「ふふ、だからぁ……だめってことはないでしょ？　ここに早く硬くて太いのを入れて欲しいんでしょ？　ほら、これ！」

コーチがついにジャージを下げて、中からブルンッと勃起したペニスが、勢いよくその姿を現しました。

「じゃあ、まずは舐めてもらおうかな。じっくり味わってね」

私はもはやなんの抵抗もなく、言われたとおりにその場にひざまずき、コーチのペニスを咥えて舐めしゃぶっていました。やはりソレも、汗の酸っぱい味がしました。

「うう……んむ、いいぞぉ、とっても上手だ。やっぱり経験を積んだ人妻は最高だな。

うう、ああ……はあ……よし、もういいよ。さあ、ずっと欲しかったものをあげようね。ほら、入れるよ……」

私は冷たい床に押し倒され、胸とアソコを露出されて、乳房を荒々しく揉みしだかれながら、アソコにコーチのペニスを突き入れられました。

「あ、ああっ……あ～～ん……！」

私は久しぶりに味わう、ナマの男根にえぐられる快感に乱れ悶え、信じられないくらい感じまくってしまいました。

「ああ、すごい……締まるぅ……やっぱり鍛えたカラダは最高だぁ……ほら、ほら、ほらぁっ……！」

コーチのインサートの動きがどんどん激しくなっていき、とうとう私はこれ以上ないくらい、イキ果てていました。本当に気持ちよかった……。

そのすぐあと、コーチが私のお腹の上に白い液をビュッ、ビュッと勢いよく放出し、私たちの居残り練習は終わりました。

びっくりしたのは、その後、本当に私のプレーの調子が上がったことです。

さすが、一流のコーチは違いますね！

■先輩は私をベッドの上に押し倒すと、ヌラヌラの勃起男根で刺し貫いてきて……

憧れの先輩との再会エッチで燃え上がった永遠の純愛

投稿者　恵愛子（仮名）／31歳／パート

この間、思いもかけない再会をしてしまいました。

その日、私はパートも休みで、主人は休日出勤で家にいないということで、久々にショッピングでも楽しもうと、ちょっとオシャレをして一人で街に出かけました。

天候もポカポカと気持ちよく、私は前から行ってみたかったカフェで美味しいランチを食べたあと、色々なお店を物色しつつ見て回っていました。

すると、とあるセレクトショップの前でウインドウショッピング中、誰か声をかけてくる人がいたんです。

「あれ、愛子じゃない？　○×中学の……俺、ほら、同じ卓球部だった荒木、荒木健太郎（仮名）！　覚えてないかなぁ」

もう、びっくりです。

覚えてないどころか、私にとって荒木先輩は三年間密かに想い続けた、憧れの相手だったんですから！　荒木先輩は当時の面影をちゃんと残しつつ、さらに素敵な男性になっていました。

「荒木先輩？　わぁ〜、ほんとお久しぶりです！　中学の卒業式以来じゃないですかぁ？　よく私のことがわかりましたねぇ。私なんて、エースだった先輩と違って、いるんだかいないんだかわからない地味〜な部員だったっていうのに」

嬉しい驚きにあたふたしながらも、なんとかそう応えると、先輩は思いもよらないことを言いました。

「そ、そりゃ覚えてるさ……俺、ずっと愛子のこと見てたんだから……」

「え……？」

夢でも見てるんじゃないでしょうか？　先輩が私のことをずっと見てただなんて……私は心臓をバクバクさせながら、言いました。

「それは……私のほうです。結局告白できなかったけど、ずっと先輩のことが好きだったんだもの……」

白昼の街中の道端で、一瞬にして二人はあの頃にタイムスリップしてしまったようでした。実はお互いのことを想い合っていた中学生男女……でも、あの頃と違うのは、ウブで純情な少年少女ではなく、それなりに大人の関係を知ってしまった男と女であるということ。

以心伝心、とでもいうのでしょうか。

しばし無言で見つめ合った私たちは、どちらからともなく手を取り合い、歩き出しました。

そして、ふと気がつくと、路地裏のホテルの前にいたんです。

「愛子、本当にいいの？　引き返すんなら今のうちだよ？」

先輩にそう言われた私ですが、もちろん、

「うん、いいの。私、あの頃の先輩への想いに決着を着けたいんです」

今の主人との夫婦関係にはなんの不満もありませんが、これはそういうことじゃないんです。

「先輩こそ、奥さんを裏切ってもいいの？」

「あ、そこは大丈夫。俺、未だに独身だし」

二人ほくそ笑み合って、ホテルへと足を踏み入れました。

チェックインし、それぞれシャワーを浴びてスッキリしたあと、柔らかく薄暗い照明の下、私たちは裸で向き合いました。

そこで先輩は感心したように、こう言いました。

「愛子、こんなに魅力的なカラダになって……気を悪くしたら申し訳ないけど、あの頃って、もっと貧相なカラダじゃなかったっけ？」

「うん……でも、高校に入ってから、自分でもびっくりするくらい、急激に発育がよくなったんです。中三のときBカップだった胸が、高一の終わりころにはEカップになってたんですよ。ウエストもいきなりくびれてきちゃって……我ながら、エッチなカラダになっちゃったなぁって、あきれるくらい！」

私がそう応えると、

「ああ、とってもエロくて……超魅力的だ」

先輩は囁くようにそう言いながら、私の体に手を回して、口づけをしてきました。

それはとってもソフトで甘くて……私は蕩けるような気分になりながら、先輩の舌に自分のを絡めて、チュルチュルと唾液を交歓し合いました。

「はぁ……先輩、嬉しい……ずっとこうしてほしかったんです……」

「ああ、俺もだよ、愛子。ずっとこうやっておまえを可愛がりたかった……」

そう言って顔を下げると、先輩は私の乳房をモミモミと愛撫しながら、乳首を唇に含んで、チュパチュパと吸い、舌先でコロコロと転がしてきました。

「んあっ、せ、先輩、あ、気持ち……いひぃ……」

私は身をのけ反らせて悶え喘ぎ、こちらも手を下のほうに伸ばして先輩の股間を探りました。すると、やけどするかと思うくらいに熱を持った、硬い男根に手が触れ、

（ああ、私のカラダに興奮して、こんなに勃起してくれて……嬉しい！）

私はこの上なく感動し昂ぶってしまい、いきなりひざまずくと、先輩の勃起男根を咥え込んでいました。そして、自分の持てるすべてのテクニックを総動員して、無我夢中で口唇愛撫したんです。

亀頭の笠の縁部分を何度も何度も舌先でねぶり、おしっこの出るところをすぼめた舌先でグリグリとえぐるようにして……じんわりと先端から透明な汁が滲み出してきたところで、亀頭全体をズッポリと喉奥まで呑み込みながら、ジュッポ、ジュッポと勢いよくしゃぶりたてました。もちろんその間、両手も遊ばせず、片手の指を先輩のアナルに突っ込んでヌチヌチと出し入れし、もう片手で玉袋をムニュムニュ、コリコリと転がし愛撫するんです。

「あう……くう……す、すごい、愛子ぉ……き、気持ちよすぎるぅ……」

先輩は腰をガクガクさせながら感じまくってくれて、私のほうも嬉しい気持ちでいっぱいになりながら、どんどん性感が高まっていきました。

「ううっ……愛子のも舐めさせて……」

と言う先輩に対して、私は、

「私はいいの！　先輩のこと愛してるだけで、もう十分感じて濡れちゃってるから。それよりも、もう早く先輩のを私の中に入れてぇ！　もう辛抱できないの！」

と応え、先輩は、

「ああ、愛子ぉっ！」

と叫んで、私をベッドの上に押し倒すと、ヌラヌラの勃起男根で私を刺し貫いてきました。待ちに待った憧れの快感が襲いかかってきます。

「あ、あ、先輩……すごい……嬉しい、ああん、か、感じるのぉ！」

「愛子、愛子、ああ、愛してるよぉ！」

そして、激しいピストンの後、先輩は大量のザーメンを注ぎ込み、私は胎内でそれを受け止めながら、万感の想いでイキまくっていたのです。

その後、私たちは握手をして、笑顔で別れました。

一生忘れられない、美しい思い出となりそうです。

■叔父は横たわった私の足を大きく広げると、いきなり私の股間に顔を埋め……

叔母の留守に味わった叔父との絶倫オーガズム！

投稿者　高島紀美子（仮名）／33歳／専業主婦

夫が浮気していた。

自分で下着を買ってきたり、スマホを片時も離さず持ち歩いてたり、急な一泊出張があったり、と、なんだか怪しいので「アンタに女がいるのわかってんのよ」とカマかけたら、あっさりと認めたのだった。

相手はいきつけのスナックの二十六歳の女の子で、二ヶ月前から肉体関係があるという。

夫はすまなさそうに頭を下げ、両手で拝む仕草をした。

「魔が差したんだ！　ヤッたのはたったの三回だけだから……許してくれ」

はぁ〜〜〜？　三回だろうが百回だろうが、浮気した罪は同じなんだよ！

大声で怒鳴ったあと、数枚の着替えをキャリーバッグに詰め込んだ。

「まさか、実家へ帰るんじゃないだろう？　こんなことで俺たち、終わるのか？」

オロオロしながら追ってきた夫を突き飛ばして靴を履き、

「さよーなら！」

バタンとドアを思い切り閉めて私は家を飛び出した。

岡山の実家に帰るわけない、親に心配なんかかけられない、夫の浮気ぐらいのことで……そう、わかってる、たかが浮気だと。でも簡単に許すとヤツは反省しない。少しお灸をすえてやらなくっちゃ！

一時間後、私は叔母の家のピンポンを鳴らしていた。

ここは、私の第二の実家みたいなものだ、母の妹である叔母は昔から私を可愛がってくれて、私も叔母になついていた。なんでも相談できるし、とても頼りになる。

「はい、どなた？　あれ、紀美子ちゃんじゃないか」

すると、玄関ドアを開けて出てきたのは叔父だった。

「こんばんは。あの……叔母さんは？」

「習いごとのお仲間たちと今朝、指宿温泉に出かけたんだよ」

「いぶすき……って鹿児島県ですよね？　じゃあ今夜は帰ってこないんだ……しまった、メールするべきだったなー」

「夫婦喧嘩したんでしょ？　僕は全然構わないから泊まっていけば？」

叔父は私のキャリーバッグに目を落として言った。

どうしよう。正直気まずい。優しくていい人なんだけど、叔母抜きじゃ、叔父と何話していいかわからない。このままマンションに帰ろうか。いや、今夜帰るのはやっぱりシャクだ。

「じゃあお言葉に甘えて。一泊させてくださーい」

わざと陽気に言ってみた。すると、叔父は笑いながら、

「寒かったでしょ？　お風呂沸いてるから入るといいよ。あとで奥の和室に布団敷いとくから。あ、冷蔵庫、勝手になんでもどうぞ、ね」

叔父は私に気を遣ってか、リビングルームのテレビを消して二階に上がっていった。

ふうぅうー。

サッとシャワーを浴びて湯船に肩まで浸かる。さて夫、これからどうしてくれよう、そう考えたとき、突然お風呂の灯りが消え、うそ、停電⁉　と、慌てて上体を起こすと、ガタンと風呂の扉が開き暗闇の中、ボォッと人影が現れたのが見えた。

「キャアッ！」

「シイイイイー！　外に響くから大きな声を出さないで！」

その声は叔父だった。

え、なに？　なんで叔父さんが入ってくるの⁉　暗闇の中で私はプチパニック状態。

「僕も入りたいから、ちょっとそっちに寄ってくれる？」

手桶で数回体をお湯で流す音がした後、浴槽をまたいできた。私は思わず蛇口側に小さくしゃがんで叔父に背を向ける。叔父は肩まで浸かると両足を大きく開きながら、うずくまってる私を引き寄せ、

（え？　え？　え？）私はもう、今度は大パニック。

後ろから強く抱きしめられた形で、叔父の唇がうなじを這い回ってきても私は身動きをとれない。ふと、お尻にゴツゴツしたものが当たり、叔父がすでに勃起してるのがわかる。

「大丈夫、悪いようにはしないから。ふふ、紀美子ちゃんの色白の肌、前からずーっといじってみたいと思ってたんだよ」

唇からニュルリと出現した舌に耳の後ろを舐め回され、息をかけられ、ああん……思わず声が漏れてしまった。知らぬ間に叔父の手は私の乳房を摑み、揉み、乳首をいじり回している。

はぁはぁはぁはぁ……ああーん……あ……ああ……

叔父の興奮の吐息と、私の喘ぎ声が浴室の暗闇に響く。

「僕のも触って」

言われるままに右手を後ろに回し、叔父のモノを握る。想像してたよりそれは立派だった。叔父が乳首をいじるのに合わせて私もそれを上下にしごいて刺激してみる。

「ああ、いいよ。紀美子ちゃん、いい、いい……」

叔父はゆっくりと私の体の向きを自分の方に向け、右の乳房にしゃぶりついてきた。

「あっ、ああー……」

乳首を軽く噛んだり、舐め回したり。乳房がお湯に浸からないようのけ反りながら、私は叔父の舌にされるがままになった。徐々に私の秘芯が疼き始める。水の中、たやすく体位を変えさせられ、するりと騎乗位になった。私は秘芯をイチモツに押し当ててみる。

「紀美子ちゃんったらせっかちだなぁ。もっとゆっくり時間をかけてやろうよ」

はぁはぁ言いながらも叔父のほうが冷静だ。私に浴槽から出るように促してきた。

五分後。裸のまんま和室に移動した私たちは、叔父が敷いていてくれていた布団の上でさっきの続きを始めた。

叔父は横たわった私の足を大きく広げると、いきなり私の股間に顔を埋め、ちょろちょろと舌で膣の周りを舐めまくった。両側の襞からクリトリスへと生温い感触が行ったり来たりし、「あああぁ〜〜〜〜〜」自分でも驚くほどの喘ぎ声をあげていた。

「ラブジュースが溢れまくってるよぉ、ほらこんなに」

叔父はそれをちゅちゅちゅちゅーと音を立てて吸い上げる。

「あっああっー！　もう我慢できないー、叔父さんの……入れて！」

「入れなくても、ここでイケるでしょ」

と、叔父はレロレロの速度を速めてクリトリスを刺激する。舐めて吸って少し噛んで。また舐めて吸って少し噛んで。舐めて舐めて舐めて舐めて……こんな快感、今まで味わったことがない。

「イク、イク、イ……」

ヒクつきながら私は果てていた。

挿入しないでイクなんて初めてだった。イッたあとも、まだアソコがヒクヒクしている。叔父は舐めるのを止めてくれない。

「く、くすぐったい」

私は思わず腰を引いたが、叔父はガシッと私の太腿を肩に抱え、なおも舌を這わせてくる。

「ここをぐっとこらえていたら、すぐにまたよくなるからね」

という叔父の言葉どおりにからだが反応していく。生温い舌が次に責め始めたのは濡れた草むらの中の私の大事な穴。叔父の舌は時に柔らかく時に硬く、粘膜を這う。

「す、凄い……」

私の膣は快感の感動のあまり痙攣しかけている。舌はただひたすら抜き差しを繰り返し、あうっ、私は小さな喘ぎと共に絶頂に達した。

叔父が股間から顔を上げると、寂しいよとばかりに私の膣がぴゅくぴゅく鳴り始めた。

「いやらしい音だねぇ～」

叔父はヒヒヒと笑いながら（いつの間に用意してあったのか）コンドームを装着し始めた。とうに暗闇に目が慣れていたので叔父のイチモツがそそり立っているのがはっきり見える。だらしなく開いた私の股間にそれは一気に押し入ってきた。膣の奥でぐにょぐにょ音がする。イチモツが私の愛液を掻き混ぜているようだ。ピストン運動はさらに激しくなり、私は三度目のオーガズムを簡単に迎えた。でも叔父の動きは止まらない。ゆっくり突いたり激しく突いたり。とうに出きった私の愛液はまだまだ枯れることを知らない。

「あっ、あっ、イクよ、イクよ、紀美子……ちゃ……ん……」

叔父と同時に私もイッた。一度のセックスで四回のオーガズム！

かつて一度も味わったことのない快感に私は大満足。

「……叔母さんと、時々するの？　そりゃするよね、夫婦だもんね」

「まさか、もうしないよ。コンドームは浮気用に持ち歩いてるんだ」

その言葉に私はカーッと熱くなった。

夫の浮気を知ったときよりも嫉妬した。

「いや。これからは私とだけ、して。他の女とエッチしないで！」

「もちろんだよ。紀美子ちゃんとは体の相性いいみたいだし。たくさんしような」

不思議なことに夫の浮気はどうでもよくなった。許すどころか推進してやろう、そしてどんどん一泊出張してもらおう。そのときは叔父をマンションに呼んで愛し合うつもり。考えただけでワクワクする。

そんな風にすっかり落ち着きを取り戻した私は、翌朝には夫の待つマンションに帰るつもりだったが、叔母が旅行から帰るのは明後日だと知り、翌日の夜もまた叔父と淫乱行為を愉しんだ。

それにしても叔父の絶倫ぶりときたら！　五十五歳を過ぎ、頭はとうにハゲかかっているというのに。

■私はクリトリスを直接指先でつまんで転がしながら、チュウチュウと吸って……

義理の姉と妹の秘密のレズビアン・エクスタシー

投稿者　渡部彩（仮名）／27歳／パート

私には三つ年上の兄がいるんですが、その奥さん……いわゆる小姑ですね、美佐子さんというのですが、彼女とイケナイ関係になってしまいました。

美佐子さんは私より一つ年上の二十八歳で、美人な上に超ナイスバディ。どちらかというと貧乳の部類に入る私にとって、Fカップの豊乳の持ち主である彼女は、憧れとともにジェラシーを感じさせる、複雑な対象でした。だっていつも夫が、

「あ〜あ、兄貴の嫁さん、いいよな〜……おまえとちがってオッパイでかくて。おまえのなんかまともに揉めないレベルの大きさだもんな〜」

なんて言って比べて、私のことをなじるんですもの。そりゃあ、美佐子さん自身にはなんの恨みもないけど、憎たらしく思っちゃうっていうものです。

ところが、そんな美佐子さんから、ある日突然、ランチのお誘いがあったんです。

これまで、両夫婦そろっての食事というのはあったけど、彼女と二人だけでというこ

とはなく、ちょっと意外でした。

　当然私は、彼女との優劣を突きつけられて劣等感に苛まれるのがイヤで、用事があるとか言って辞退しようとしたんですが、美佐子さんが、

「おねがい、彩さん、とっても大事な話があるの。後生だからつきあってちょうだい、ね？」

　と、電話の向こうから真剣な口調で懇願してくるものだから、そこまで言われるともう承諾するしかなかったんです。

　翌日の昼間、私のパートもちょうど休みだったので、美佐子さんと待ち合わせて、カジュアルな感じのフレンチのランチを食べました。ちなみに彼女は専業主婦です。

　食事のあとのデザートのとき、いよいよ美佐子さんが本題を切り出しました。

「実はね、とっても恥ずかしい話なんだけど……彩さんに私のアソコを見てほしいの」

「は？　美佐子さんの……アソコ？」

「そう、前はそんなことなかったのに、最近、うちの人がエッチしながら言うのよ。おまえのココ、なんか変なものができてるぞ、って。で、もうなんだかすごく不安になっちゃって……変な病気なんじゃないかって。鏡とか使っても、自分じゃうまく見れないのよね。いきなり病院っていうのもちょっと怖いから、まずは一番身近な同性

の彩さんに見てもらいたいなぁ、って」

予想もしないお願いでびっくりしましたが、同じ女としてよ～くわかる不安なので、彼女の頼みを聞いてあげることにしました。

それから、私たちは美佐子さんの自宅マンションへ向かいました。

「見てもらう前に、ちょっと洗ってくるね」

美佐子さんはそう言って浴室へ行き、シャワーを使う音が聞こえてきたあと、数分後、バスタオルを身にまとって戻ってきました。

「じゃあ、お願いします……」

美佐子さんは恥ずかしそうに言って、リビングのソファに座ると両脚を広げて抱え上げて、剝き出しのアソコが私によく見えるようにしてきました。

煌々と輝く照明の下で、彼女の女性器はあられもなく鮮明に私の目に映りました。もちろん、同年代の同性の性器をこんな間近でもろに見るなんて、生まれて初めての経験です。彼女の土手は高めで、こんもりと盛り上がった恥丘の中心でぱっくりと開いたアソコは、濃いめのヘアに囲まれて少し黒ずんだピンク色の肉襞がふるふると震えているようです。それはグロテスクでありながら、なんだか淫靡な美しさをたたえて、私はこれまで感じたことのない妙な気分になってきてしまいました。

（ああ、美佐子さんのココ、ちょっと舐めてみたい……）

私は今まで、レズビアン的な興味などいっさい持ったことがないのに、不思議なことにそんなふうに欲してしまったんです。

「……ど、どう、彩さん？　やっぱり何か変なものができてる？」

美佐子さんが恐る恐る聞いてきました。

私はハッと我に返って、改めてしげしげと性器を見ましたが、これといって異常なところは見当たりませんでした。きっと、お義兄さんが見たときは、美佐子さんがコンディションを崩していたか何かで、一時的に吹き出物的なものができてしまったんじゃないかと思います。

でも、私はそうは答えてあげず、すごくいやらしい気分に煽られるままに、こんなことを言って、美佐子さんを困惑させていました。

「そう言われれば、確かに少しおかしな感じが……ちょっと触って確認してみますね」

「え……本当に？」

不安を声に滲ませる彼女を尻目に、私はワレメの淵のところを指先でつまみ、クニクニとこじりながら、上のほう……クリトリスに向かって移動させていきました。

「あ、あ……彩さん、な、なんか変な感じ……あぁ……」

美佐子さんが上ずった声をあげ、身をよじらせ……すると、同時にワレメが一瞬にしてたっぷりと汁気を帯びてきました。

「あ、ああ……彩さん、そんなこと言って、あなた、何か変なことしてない？」

ようやく私の行為に怪しいものを感じた美佐子さんが、そう怪訝そうに言いました。

「え？　変なことって……これのことですか？」

私はもうすっかりエロ楽しくなっちゃって、そんなふうに意地悪に言いながら、クリトリスを直接指先でつまんで転がしながら、チュウチュウと吸っていました。

「あひ、ひぃ……ああん、だめ、そんなことしちゃあ、あああっ……」

美佐子さんのアソコは今やもうドロドロに蕩け、私のほうもなんだかカラダの奥のほうが疼いてたまらなくなってしまいました。

「ああ、美佐子さん……安心して、アソコは大丈夫よ、異常なし！　でも、今度はなんだか私のほうが変になってきちゃったみたい……美佐子さんのカラダがエロすぎるからいけないのよ」

なんて、私は自己中なことを言いながら、自分でも服を脱いでいました。そして、美佐子さんのバスタオルを完全に剝ぎ取って、ガバッと覆いかぶさったんです。

今や私も美佐子さんも、知らず知らずのうちに欲望モード全開に達していました。

お互いの昂ぶり火照ったカラダを絡み合わせて、乳首を吸い合い、アソコを舐め合い、指をヌチュヌチュと抜き差しし合ったんです。

「あ、ああ、いい……彩さん……す、すごく気持ちいいっ……」

「ああ、私もよ、美佐子さん……もうおかしくなっちゃいそう……」

そのままさらに激しく抱き合い、睦み合い、私たちはレズビアン的快感の奔流に身を任せ、二人で何度も何度もイキまくったのでした。

おかしなものですね。

ちょっと前までは、兄嫁である美佐子さんのことをコンプレックスの対象として憎らしく思っていたというのに、今やその魅力ゆえにレズビアン・パートナーとして愛してしまっているだなんて……。

今しばらく、この秘密の義姉妹関係を愉しみたいと思っているんです。

■男根の力感が、肉洞の中いっぱいに満ちて今にも弾け飛びそうで……ああん……

大好きなパチンコ屋から始まるナンパSEXのお楽しみ

投稿者　古市雅美（仮名）／38歳／パート

あたし、パチンコが大好き。

で、男はもっと大好き。

その両方が味わえるパチンコ屋でのナンパSEXなんて、もう最高よね。

その日、パートの勤めを終えたあたしは、ダンナが帰ってくるまで三時間ばかりの猶予があったので、例によってパチンコ屋へ。

最初はすごく調子がよくて、お、こりゃ今週分のパート代くらいは稼いじゃうか？　なんてホクホクしながら打ってたんだけど、だんだん雲行きが怪しくなっていって、あっという間に玉がなくなりかけちゃった。

「あ～っ、今日はここまでか～」

と、あきらめかけようとした、そのときだった。

「よかったら、少し玉、貸そうか？」

という声が。

そっちを見ると、ドル箱を四つくらい抱えた男がニコニコしながら立ってた。歳の頃はあたしと同年代くらい。ちょっと遊び人風だけど、ヤバイ感じはしなくて、なかなか清潔感のあるイケメンだった。

あたし、すぐにピンときちゃった。

あ、これはナンパだな。玉を貸すのを口実に、本当に欲しいのはどうせあたしのカラダなんでしょ？　はいはい、知ってますとも。

「えー、ほんとですか～？　嬉しいなあ、ありがとうございます～」

あたしは完全な〝女〟モードの声でそう答え、彼から受け取った玉でそれから二十分くらい遊び、ま、結局勝てなかったけど、もう今や、そんなのどうだっていいわけ。

「ね、よかったらこのあと、お茶でもしない？」

彼にそう誘われ、あたしは二つ返事でOKし、でも、まどろっこしいのは嫌いなので、さっさとこう応えてた。

「う～ん、あたし、あんまり時間ないんです～……お茶とかじゃなくて、その、ほら、いっそもっと楽しいこと、しません？」

すると、彼のほうも慣れたもの。

「うん、そうだね。時は金なりだ。もっと楽しいことしよう」

で、そのあとは二人でホテルへ直行しちゃった。

チェックインすると、あたしたちは一緒にお風呂に入った。

「いつも今日みたいな感じで、声かけられるとすぐついてっちゃうの？」

泡立てたボディシャンプーをたっぷりとあたしのバストに塗りたくりながら、彼がそう訊ねてきたので、あたしは、

「そんなことないです〜、もちろん、相手によりますよ〜。今日は、おにいさんがとってもかっこよかったから……えへ〜」

と、それなりに彼の自尊心をくすぐるように答え、

「そう？　そんなふうに言ってもらえると、嬉しいな〜」

彼はまんざらでもなさそうに言い、ヌチャヌチャとあたしの泡まみれのバストを揉みしだいてくる。Ｆカップの乳房がグニャグニャとひしゃげさせられ、そのたうつような快感が、もうたまらない！

「んあ、はぁ……あ、き、気持ちいい……」

「うふふ、ほんと、見事なオッパイ……乳首もプリッとして美味しそう……ええい、舐めちゃえ！」

「ああっ、まだ泡だらけだよぉ？」

「いいって、いいって！」

彼はそう言うと、シャワーで流しもしないで、泡まみれのあたしのバストにむしゃぶりついてきた。泡と彼の唾液が混ざり合い、濃厚で淫靡なローションとなって、あたしの乳房と乳首に絡みつき、えも言われぬ快感で責め立ててくる。

「あ～ん、いい……いいの～っ……！」

そうやって感じてるうちに、あたしも彼に同じことがしたくなってきた。

あたしはひざまずくと、同じく泡まみれの彼の勃起ペニスにとりつき、泡をものともせずにしゃぶりあげてた。

「う、うはっ……泡のきめ細かな感触と、唾液のネットリ感が合わさって……こりゃ気持ちいいっ！　うぅっ、ふ……う……」

彼が腰をガクガクさせて感じてきて、あたしのほうも、まだ触ってもないのにアソコがジンジン痺れたようになって疼いてきちゃってる。

「だ、だめだ、このままじゃ出ちゃう……そろそろベッドへ行こうよ」

彼にそう促され、シャワーを浴びてサッパリきれいになったあたしたちは、ベッドルームへと向かった。

ベッドに上がるなり、あたしたちは先を争うようにお互いの性器を求め合い、シックスナインへとなだれ込んでいった。

あたしはもう無我夢中で彼のペニスにとりつき、ちょっとしぼみかかってたソレをパクリと咥えると、啜り上げるようにして口内で上下にしごきまくってた。ワンストロークするたびに、ムクッ、ムクッと再び力を取り戻していくのがわかる。

「ああ、いい、いいよ……チ○ポ、気持ちいい……」

彼のほうもそう喘ぎながら、あたしのアソコをむさぼるようにして、肉襞を舌で掻き回し、クリちゃんを甘噛みし吸い上げ、際限のない快感の波を送り込んできた。

「はぁっ、ああっ、いいっ……ああん……！」

そして、あたしのアソコがいい加減濡れまくってきたところで、彼は正常位で突っ込もうとしてきたんだけど、あたしとしては、そうは問屋が卸さない。

だって、あたしが一番大好きなのは女性上位……騎乗位なんだもの！

「だ～め、そのまま寝てて！　あたしが上から乗っかるから、ね！」

あたしは寝そべった彼の股間で直立するペニスにまたがると、上から腰を下ろしていって、ズブズブと秘肉で呑み込んでいった。

男根の力感が、肉洞の中いっぱいに満ちて今にも弾け飛びそうで……ああん、ほんと、この充実感、サイコー！

あたしはユッサ、ユッサと激しく腰を上下左右に振り立てて、彼の男根をこれでもかと締め上げた。ソレが膣内でビクビクと身震いするのがわかる。

「ああっ、そんなに締めつけられたら……ううっ、もう……もう出ちまいそうだ」

彼の喜悦の悲鳴に応え、あたしは、

「ああ、まだだめよ……もっとあたしを楽しませてぇ、はぁはぁはぁ……はうっ、んふっ、はぁ……あん、あん、あん、ああっ……ああ、あたしも、あたしもすっごく感じてきたぁ……ああん！」

と、自分でもどんどん昂ぶっていき、そしてついに、

「あ、あ、ああああ〜〜〜〜、イ、イク〜〜〜〜ッ！」

「ううっ、で、出るぅ……うっ！」

二人そろって最高のクライマックスを味わってた。

大好きなパチンコと男の取り合わせ、当分やめられそうにないわ。

第二章

ふるえるような不倫

■パン、パン、パン、と激しく腰を打ちつけられながら、アタシはあっという間に……

生○の配送ドライバーのカレとの朝いちケダモノSEX

投稿者 菅原由紀子（仮名）／34歳／専業主婦

アタシ、生○を利用してるんだけど、いつも品物を配送してくれる担当の男性ドライバーのことが、好きになっちゃって、もうどうしようもなくて……。

カレ、三十歳くらいなんだけど、キリッとしたしょうゆ顔イケメンで、やっぱり仕事柄かガタイもよくて、なんだかもう、うちのダンナとは何もかもが真逆ってかんじ？

おまけにダンナときたら、もうここ半年ほどアタシのカラダに指一本触れようともしなくて、うちは完全なセックスレス状態なわけ。

だからもう、カレのこと想うだけで、カラダが疼いちゃって、疼いちゃって……。

寂しい独り寝の夜、何度オナニーして自分を慰めたことか。

でも、そんなある日、信じられない大チャンスがやってきたの！

なんのって、そりゃもちろん、生○のカレとグッとお近づきになれるチャンスよ。

ダンナが出勤していったあとの朝の九時半頃、いつものように生◯の配送車でカレがやってきて、アタシが注文した品物を受け取ったんだけど、なんだかカレの様子がおかしいのよ。顔色はよくないし、脂汗みたいなの流してるし。

それで聞いてみたのね、大丈夫ですか、具合でもわるいんですか？　って。

そしたら、どうやら朝からお腹の調子がよくないみたいで、今も必死で便意をガマンしてるって言うじゃない。

アタシ、それは大変って言って、トイレを貸してあげたのね。

でも、用を足したあとも、まだ調子がよくないらしくて、しばらく横になって休んだらどうですかって、アタシ、言ってあげたの。

そしたらカレ、すみませんって言って、じゃあお言葉に甘えてってって。リビングのソファに横にならせてあげたの。どうやら今日の配送はアタシのところが最後だったみたいで、タイミングもよかったみたい。

お腹の具合が悪いわけだから、飲み物とか出すわけにもいかず、アタシもただカレが横になって休むのを見てるしかなかったんだけど、そしたらカレ、とうとうスヤスヤと寝入っちゃって。

アタシ、ふふ、可愛いって寝顔見ながら思ってたんだけど、少し時間がたつと、思いがけないことが起こっちゃったの！

なんと、寝ているカレの股間がムクムクしだして、ズボン越しでもはっきりとわかるほど、アレが大きくなってきちゃったの！

男性の朝立ちっていうのは知ってるけど、やっぱり原理的にはそれと同じようなものなのかしら？　寝ている間になんらかの生理的メカニズムが働いて……な～んてことは、この際もうどーでもいいか！

アタシとしては、目の前にゴチソウぶら下げられてるみたいなもんで、そりゃもう生唾ゴックン状態よ。

こんな美味しい状況を逃してなるものかって、思わず行動を起こしちゃった。

カレの真横にひざまずくと、ズボンの前ボタンをはずし、パンパンに張り詰めて盛り上がってる部分のチャックをジ～ッと下ろしていって、ブリーフの前開き部分から生ペニスを取り出して……。

いやもう、その見事なことといったら！

完全に勃起したソレは、長さは十七センチ近く、太さも直径四センチは優に超えてたんじゃないかしら。立派な巨根よ！　少なくともダンナのよりははるかに大きかったわね。

しかも、亀頭の笠の張り出しがものすごくて、もう見るからにアソコの中でいい引っかかりするだろうな、ってかんじで形状もイケてるの。

アタシもう、うっとりしちゃって、まずはその亀頭の笠の縁に舌を這わせてた。チロチロ、ニュルニュル……片手で根元を掴んで、そのそれなりに使い込まれてる感アリアリの赤黒い先端を味わってると、なんだかアタシのほうもカラダが内側のほうからジンジンと熱くなってきちゃって、もう片方の手で胸をまさぐって……。

無理くりブラをずり上げて乳首を露出させると、クリクリとそれをこね回しながら、さらにペニスの咥え込みを激しくしていって……、

「んはっ、んぷっ、んじゅぷっ……」

とうとう亀頭全体をずっぽりと呑み込むようにしゃぶりたて、片手もいつの間にか乳首から股間へと移動し、ヌチャヌチャにぬかるんだアソコを掻き回してたわ。

「う……んんっ、ん……んん？」

そしたらさすがに、カレのほうも目を覚ましちゃって、一瞬、今何が行われてるのかわからないようで、きょとんとしてた。

アタシはそこで慌てず騒がず、カレのモノをしゃぶりながら上目遣いでニコッと笑いかけてあげたわよ。

「あ、あの、奥さん……な、なにを……?」

「見りゃわかるでしょ? アナタの素敵なオチン○ンを味わわせてもらってるの。ん～っ、おいひいっ、んじゅぶっ、うぶっ……」

アタシは平然とフェラを続け、さすがにこうなると、カレのほうももう受け入れざるを得ないと思ったみたいね。しゃぶられながら手を伸ばしてきて、アタシの胸をギュムギュムと揉んでくれて、そのちょっと痛いぐらいの力加減がまたたまらないの!

「んふっ、んぐふぅ、ふぅぐぅ……!」

思わずオチン○ンを口に咥え込んだまま、カラダを悶えよじらせちゃった。

「ああ、奥さん、僕にも味わわせてもらっていいですか? 奥さんのオマ○コ」

さっきまでの具合の悪そうな感じはどこへやら、今やすっかり元気に回復しちゃったカレは、がぜん鼻息を荒くしてテンションを上げてアタシにそう言い、そりゃもちろん、アタシもウェルカムよ!

そそくさと服を脱いでお互いに全裸になったアタシたち。

アタシはカレとは体の向きを逆にする格好で上に乗っかり、股間をカレの顔の上にかざしながら再びフェラを始めたわ。

そしたら、カレも首を気持ち持ち上げてアタシのアソコに舌をディープイン! ジユルジュル、ズチャズチャ、ネロネロいわせながら、オマ○コを吸い、舐め、掻き回し、思いっきり可愛がってきてくれて、もうサイコー！

「あぁっ、もうガマンできない、この立派なオチン○ン、アタシのオマ○コに欲しいのぉ！　お願い、ちょうだい、ちょうだい！」

アタシは今や完全に一匹の淫乱なメス犬になり果てて、カレに恥も外聞もなくおねだりしてた。

「ああ、僕も奥さんのオマ○コに思いっきり突っ込みたいです！」

カレもそう言うと、アタシのカラダをガバッと持ち上げて四つん這いにさせ、バックから力任せにペニスを突き入れてきたわ。もう、そのインパクトの強烈なことといったら……パン、パン、パン、と激しく腰を打ちつけられながら胎内をえぐられ、アタシ、もうあっという間に昂ぶっちゃった！

「あひ、はう、イ、イク……もう、イッちゃいそう……！」

「ああ、奥さん、僕も……僕ももう、で、出そうです……」

「あぁっ、イク、イク、イク～～～～ッ！」

「ハァッ、奥さん……はぐぅっ！」

一段とカレのピストンが激しくなったかと思うと、アソコの中で熱い炸裂感を感じて、アタシは失神しそうなほどの絶頂に達してた。

終わったあと、そそくさと着替えて家を出ていくカレに、アタシは、

「ありがとう、とっても気持ちよかったわ」

と声をかけて、カレのほうも、

「こちらこそ！　おかげさまで元気いっぱい、スッキリ回復できました！」

と爽やかに応えてくれて、配送車で走り去っていったわ。

ほんと、これからの配送がますます楽しみになっちゃった。

■二人で私の左右の耳朶を甘噛みし、首筋を舌で舐め上げながら、両方の乳房に触れて……

マンション隣人夫婦との気持ちよすぎる3P関係に溺れて

投稿者　漆原満里奈（仮名）／27歳／専業主婦

それは確かに、いつも愚痴ってたのは私ですが、まさかお隣りの主婦友夫婦が、こんな形でそれに応えてくれるなんて、思ってもみませんでした。

私はマンションの隣りに住む美咲さんと、日ごろから親しくつきあっていました。そしてどんどん気心が知れてきて、けっこうぶっちゃけた話もするようになっていたんです。

「ほら、やっぱ今ってオリンピック景気じゃない？　だもんで、うちのダンナの建設業って、今もうものすごく忙しくて、おかげで毎日毎日遅くまで働いて、すっかりバテバテなのよねぇ。もうアッチのほうなんてすっかりご無沙汰よぉ」

「ふ～ん、じゃあ満里奈さんてば、飢えちゃってるんだぁ？」

「うん、もうガツガツよぉ！」

「そうか……それなら、ちょっと私から提案があるんだけど」

「え？　提案？」

美咲さんが言う〝提案〟とは、なんと私と美咲さん夫婦での３Ｐセックスへのお誘いでした。

正直、結婚以来、今まで一度も夫以外の男性と関係したことなどない私は、美咲さんの提案に一瞬引きましたが、彼女の説明を聞いているうちに、だんだんと心が傾いていったんです。

「うんうん、とりあえず引く気持ちはよ〜くわかるわ。私も最初そうだったもの。でも、勇気を出していったん一歩足を踏み出してみると、これが……ねぇ？」

これが……なんなの？

「実際、私たち夫婦にも倦怠期の危機みたいのがあったんだけど、そうやって新しい刺激を試してみると、これがほんと、すっごくよくて、気持ちいい上に夫婦関係もめでたく改善されて、いいことずくめだったのよ〜。満里奈さんも絶対わかってくれると思うわ。言ってみれば、これはダンナさんを裏切るんじゃなくて、逆に満里奈さん夫婦のためになることだって、私はマジ思うわ」

いや、そこまで言われちゃうと……とりあえず一回は試してみないと、まるで私が自分の夫婦関係をよくしたくないみたいに思われちゃいません？

「ええ、わかったわ。じゃあ、いつにしようか？」

「善は急げよ。今日でしょ？」

ということで、私はその日の夜、美咲さん宅を訪れることになったんです。どうせ夫はいつもどおりの残業で、帰りは午前様でしょうから。

夜の九時。私はあらかじめお風呂に入って身ぎれいにしてから、隣家のドアチャイムを鳴らしました。もちろん、下着なんてまどろっこしいものは着けておらず、ノーブラ、ノーパンにラフに洋服を羽織っただけの格好です。

「やあ、いらっしゃい。美咲から話は聞いたよ。嬉しいなあ、正直、前から満里奈さんのこと、いい女だなぁって思ってたから」

そう言って出迎えてくれた美咲さんのご主人の洋介さんは、彼のほうこそ、私が前からいいなあって思ってたぐらい、素敵な男性でした。まだ二十代だというのに日頃の不摂生のせいか、たるみ気味の体をした夫と違って、彼は三十代にして引き締まった、とてもセクシーな体つきをしていました。

「うん、いい香り。ちゃんとお風呂に入ってきたのね。え、おまけに服の下はノーブラ、ノーパン？　いい心がけね」

美咲さんが妖しげな笑みを浮かべながら近づいてきて、私の全身を舐めるように見たあと、手をとってベッドルームへと導いてくれました。

そこは照明がかなり落とされて、ほの暗いオレンジ色の光に支配された、えも言われず淫靡な空間になっていました。

立ったまま服を脱がされ全裸になった私は、同じく全裸になった美咲さん夫婦と共に大きなダブルベッドの上に上がり、天板を背もたれにして座りました。そして、その両脇から彼女たちがにじり寄ってきます。そして二人で私の左右の耳朶を甘噛みし、首筋を舌で舐め上げながら、両方の乳房に触れてきました。

「ほんと、こんな大きくてきれいなオッパイしてるっていうのに、ダンナさんに触れてもらえないなんて、なんてかわいそうなの。ほら、乳首だってまだまだピンク色で、こんなに可愛いのに……」

「本当だね。僕だったら、毎日だって舐めたいぐらいだ」

「あ、ああん……」

二人して、コリコリと乳首を弄んできました。その気持ちよさに反応して、ピンピンに硬くしこってくるのが、自分でもわかります。

「すごーい、満里奈さんの乳首ったら、今にも弾け飛んじゃいそうなぐらい硬く膨らんでるよ！　ねえ、あなた、早く吸ってあげてよ」

「ああ、もちろん！」

美咲さんに促されて、洋介さんが私の乳首を口に含んできました。

ツプ、と彼の唇の間に吸い込まれ、そのままチューッと吸い上げられながら、さらに舌がヌメヌメと絡みついて、舐めしゃぶってきます。

「あうん、はぁ、あああっ……」

「う〜ん、すっごく気持ちよさそう。だってほら、こっちのほう、まだ触ってもないのに、こんなになっちゃってるよ」

美咲さんがそう言って、私のアソコに指を沈め入れると、チュクチュクといじり、掻き回してきました。その快感に悶えながら、私自身も自分のあまりの濡れっぷりにビックリしていました。

「やぁん、は、恥ずかしい、美咲さん……そんなに激しく抜き差ししないでぇ……」

私は、カーッと全身が火照っていく感覚に翻弄されながらも、必死で彼女にそう懇願していました。

「ふふ、満里奈さんったら、本当に相当溜まってたのね。私だってこんなに濡れたことなんかないもの。もう、シーツを通り越して、ベッド本体までドロドロになっちゃってるんじゃない？　弁償してもらっちゃおうかなー……なんて嘘よ」

美咲さんは意地悪くそう言うと、

「その調子じゃあ、男のアレだって咥えたくてしょうがないでしょ？　ほら、あなた、満里奈さんにオチン○ン、咥えさせてあげなさいよ」

「よしきた」

洋介さんが私の真正面で膝立ちになって、すでに立派に勃起しているペニスを目の前に突き出してきました。

それは、夫のモノより一回りは大きくて、先端から透明な液を滲み出させながら、竿の表面に太い血管を浮き出させていました。

（ああ、オチン○ン、久しぶり……なんて美味しそうなの！）

私はもう、無我夢中でソレに食らいついていました。私の口いっぱいに、あの生臭いような、甘酸っぱいような味わいが広がり、がぜん、興奮度がＭＡＸまで高まってしまいました。

「んぐっ、あぐ、んはふっ……んじゅぶぅ……！」

「おお～、満里奈さん、すっごいバキューム！　こんなすごテクをずっと眠らせっぱなしだなんて、もったいない！　宝の持ち腐れだよ」

洋介さんが息を荒げて感じながらそう言い、私、すごく嬉しかった。

「あなた、それじゃあそろそろ、お腹を空かせた満里奈さんのオマ○コにオチン○ン、食べさせてあげなさいよ。もう待ちきれないってよ！」

ええ、美咲さんの言うとおり。

早く、早くオチン○ン、入れて！　とばかりに私は腰をずらし下げて寝そべると、大股を広げて洋介さんの挿入を待ち受けました。

そして、待ちかねた硬くて太いペニスに貫かれたとき、

「あ、あああああああぁぁぁぁぁ～～～～っ！」

と、私はとんでもない喜悦の悲鳴を上げてしまっていました。

とにかく、信じられないくらい気持ちよかったんです。

それから美咲さんが加わって乳首を舐めてくれて、私は二人がかりで責められながら、本当に久しぶりの絶頂を味わっていたんです。

それからちょくちょく、美咲さん夫婦との3Pセックスを愉しむようになり、いまだに夫に不満を抱きながらも、心の余裕を持てるようになった私なんです。

■私は座った彼の股間でそそり立つオチン○ンの上にまたがると、ズブズブと……

高校生アルバイトのフレッシュな童貞を堪能したあの日

投稿者　藤田夕貴（仮名）／30歳／パート

私の勤めるスーパーに、春休みの間だけ、高校生のアルバイト男子が来ることになりました。店長の甥っ子で、もう大学進学も決まっているという話でした。

名前を春樹くんといって、とっても真面目で、昨今では珍しいピュアな雰囲気の、なかなかのイケメンくんでした。でも、ちょっと話したら、同年代の女の子が苦手で、これまで彼女がいたことはないとのこと。もったいない……と思いつつ、そんな彼に私は密かに好感を抱いていたんです。

一生懸命働く彼との日々はとっても楽しく、色々なことも話すようになり、どんどん親しくなっていったのですが、無情にも、彼のバイト期間の終わりが近づいてきました。

そして、いよいよ明日が最終日というその日、私は彼から思いがけない告白をされてしまったんです。

「あの……僕、藤田さんのことが好きです！　最後に僕に、藤田さんとの思い出をくれませんか」

「ええっ？　私のことが好きって……あなたより一回りも年上のおばさんだよ？　そんな冗談言って……」

「冗談なんかじゃありません！　本当に好きなんです。でも、もちろん、結婚している藤田さんとちゃんとつきあえないことは、よくわかってます。だから、せめて……」

「……せめて？」

「僕の……童貞をもらってくれませんか？　藤田さんに僕の人生最初の女性になってもらえるんなら、それが僕の一生忘れられない思い出になると思うんです」

最初は、まさか……と思っていましたが、彼のあくまで真剣なまなざしに見つめられているうちに、なんだか私の胸の中にも熱いものがこみ上げてきました。

若い男の子に、ここまでまっすぐな想いをぶつけられるなんて、これこそ女性冥利に尽きるというものです。しかも、それが彼の一生の思い出になるというのなら……。

私は、その願いを受け止めてあげることを決心しました。

「わかったわ。じゃあ今日これから、つきあってあげる」

「本当ですか？　あ、ありがとうございます！」

でも、そうは言ったものの、この辺りには適当なホテルもないし、遠くへ行くわけにもいきません。なにしろ私は、夫が会社から帰ってくる前に家に戻らなければならないんです。正味二時間ほどしか余裕はありませんでした。

なので私たちは、普段あまり人の来ない、店裏の倉庫の奥へと二人で向かいました。そこなら下に敷けるブルーシートもあり、行うのに都合がいいと思ったからです。

「さあ、ここならほとんど誰も来ないわ。……ねえ、もう一度聞くけど、本当に私なんかが最初の相手でいいの？」

「私なんかでって……藤田さんじゃなきゃ、だめなんです！」

改めてそういう返事を聞き、私は思わず胸がキュンとしてしまいました。

「そんなにまで言ってもらえると、私も嬉しいわ」

私はそう言うと、ブルーシートを広げた上に彼と二人向き合って座り、そっと口づけをしました。まだ十代の彼の唇は、ふんわりと柔らかく感じました。

小鳥がエサをついばむようにチュッ、チュッと唇を吸い、次にじっとりと舐め回し、そして舌を口中に滑り込ませていって、絡めとった彼の舌をジュルジュルと吸ってあげました。

「んん……んふぅ、ん、んう、ううん……」

彼がうっとりとした声をあげ、体から力が抜けていくのがわかります。

私は自分でブラウスの前を開けてブラもはずし、胸を露出させると、彼のシャツのボタンも外して、お互いの乳首をすり合わせるようにしました。クリクリッと乳首が弾かれるたびに、彼が甘い喘ぎ声をあげ、私もたまらなく昂ぶってきてしまいました。

「ああ……藤田さんのきれいな乳首が僕のに……はぁっ……」

「やだ、藤田さんなんて……夕貴って呼んで！」

「は、はい、夕貴さん……ああ……」

私はもっともっと春樹くんのことを悦ばせたくって、今度は彼のズボンのファスナーを下げると、中からもう八割方は勃起しているオチン○ンを取り出し、そこに前屈みになり自分の乳首を亀頭の縁に沿って這わせました。

ブルブルっと亀頭が震え、がぜんググッと膨らむと、完勃ち状態になりました。でも、まだ一度も女の中に入ったことのないフレッシュなオチン○ンは、ギンギンになりながらもツヤツヤとしたピンク色で美しく、本当に愛おしくてたまりませんでした。

「ああ、夕貴さん……それ、すごくいいです……」

「ふふ、でも、まだまだこんなもんじゃないわよ？　ねえ、しゃぶってもいい？」

「え、しゃぶるって……そんな、汚い……」

「春樹くんのオチン○ンだもの、汚いなんてこと、ない……んぷっ」

私は亀頭をグッポリと咥え込み、ジュボジュボと激しく音をたててしゃぶりたてました。それに応えて、口の中でますますオチン○ンが大きくなっていくようです。

「ああっ、す、すごい、夕貴さん……と、蕩けちゃいそうです……」

「んぶ、ぐふ……んぼっ、んじゅぶぅ……んぱっ……」

「あ、ああ……もう、出ちゃいそうですぅ……」

私はすかさずそこで口を離して、フェラをやめました。ここで射精させるわけにはいきません。だって、一番しぼりの勢いのある精液をドクドクと私の中に発射して欲しいんですもの。

「さあ、今度は私のを舐めて。女のアレ、舐めたことないでしょ？　春樹くん、きっともてるだろうから、これから何人もの女の子のを舐めるためにも、ちゃんと慣れておかないとね」

「は、はい……」

私は彼を導きながら、口唇愛撫のあれこれを教えてあげました。

「ああ、そう、そうよ……とっても上手……感じるわぁ……」

「ああ、はぁ、夕貴さん……じゅぶ、んぶ、んはっ……」

そしてとうとう私のほうも極限まで昂ぶり、座った彼の股間でそそり立つオチン○ンの上にまたがると、ズブズブとオマ○コで呑み込んでいきました。

「ああ、僕のオチン○ン、夕貴さんの中に入ってく……とってもあったかくて気持ちいいですぅ……はぁっ……！」

「はぁあ、春樹くんのオチン○ンも、とっても気持ちいいわぁ……ああん！」

私は春樹くんの両肩に手を置いて体を支えると、激しい上下運動で彼のオチン○ンを揺さぶり、しぼりあげました。

「あ、あ、ああ……夕貴さん、僕、もう……っ！」

「ああ、いいわよ、中に……私の中に春樹くんの精液、いっぱい出してぇっ！」

そして次の瞬間、私はオーガズムの爆発の中で、彼の射精をたっぷりと胎内で受け止めていたのです。

次の日、お店を辞めていく春樹くんを、私は笑顔で見送りました。彼の人生で最初の女になれた喜びを噛みしめながら。

■彼のペニスは私の口の中でますます力感を増し、顎が外れんばかりに硬く大きく……

不倫の証拠動画を突きつけられ肉体をむさぼられた私！

投稿者 日下部ひなこ（仮名）／35歳／専業主婦

ああ、まさか、あんな場面を見られていたなんて……一生の不覚です。

玄関のチャイムが鳴り、応対すると、いつもの新聞の集金の男性でした。

正直、なんかいつも舐めるような視線で見てきて、はっきり言って私、この人……鈴木っていったかな、あまり好きじゃないんですけど、まあ仕方なく向き合いました。

私が財布を出して料金を払おうとすると、彼が妙なことを言いだしたんです。

「あの……ちょっとこれ見てもらって、いいですか？」

そして、彼が差し出したスマホの画面に映っていたのは……なんと、私が男性と腕を組んでホテルから出てくる場面を撮った動画でした。

もちろん、その男性は夫ではありません。出会い系で知り合った私の不倫相手です。

「これ、奥さんですよね？　で、この男はご主人じゃない……不倫ですよね？」

「そ、そんなもの、この頃じゃCGとかでいくらでもでっち上げられるじゃない！

なんの証拠にもならないわよ！」

私は内心めちゃくちゃ動揺しながらも、精いっぱい虚勢を張ってそう反論しましたが、彼はニヤリと笑うと、

「ああ、そうですか……じゃあ、ご主人に見せてもなんの問題もないですよね？」

そう平然と言い放ち、上目遣いにじっと私の目を覗き込んできました。

彼には私の言い逃れなど通用せず、もう観念するしかありませんでした。

「わ、わかったわよ！　なに、お金が欲しいの？　うち、ただのサラリーマン家庭だから大してお金なんかないけど、少しくらいなら……」

「やだなあ、奥さん。とっくにわかってるくせに。僕が欲しいのは、オ・ク・サ・ン。もうずっと、いいなあって思ってたんですよ」

やっぱり。

あの以前からの舐めるような視線は、そういうことだったわけです。私は彼の薄汚れた欲望の視線にさらされてたわけで……そりゃ好きになれないはずです。

でも、私には選択の余地がないように思われました。

彼の望みどおりに、この肉体を差し出さなければ、あの動画が夫の目に触れて、私は不貞妻として、慰謝料をむしり取られて離婚されてしまう……ああ、そんなのだけ

はゴメンだわ。

「本当に、あなたの言うとおりにすれば、証拠動画を削除してくれるのね？」

「はい、僕はしれっとした顔でご主人を裏切って不倫セックスするような奥さんとは違って、ウソは言いません」

ははは……ぐうの音も出ませんね、こりゃ。

「で、どうすればいいの？」

私が聞くと、彼は後ろ手で玄関ドアのカギを締めながら、靴を脱いで上がり込み、私をキッチンのほうへと押しやっていった上で言いました。

「そこで、服を全部脱いでください」

「え、ここで？　ベッドじゃなくて？」

「はい、ここ……キッチンで素っ裸になって欲しいんです」

「わ、わかったわ」

私は言われたとおり、服を脱ぎました。彼は上から下まで、例の舐めるような視線を私の全身に這わせ、

「ああ、本当に素敵だ……雪のように色白で、オッパイも大きいだけじゃなくて形もとってもきれいで。ヘアーもフワフワと柔らかそうで……ああ……」

と言いながら近寄ってくると、長身の身を屈めて私のオッパイに口をつけ、レロレロと舌で乳房を舐め回してきました。その舌がまた異様に長くて、まるで蛇のようにのたくり蠢いて、乳房の肌の上を滑り、乳首に巻きついてくるんです。

「あ……はぁ……っ……」

私は思わず、軽く喘いでしまいました。

言うまでもなく、夫とのセックスだけでは飽き足らず、よその男と不倫エッチまでしちゃってる私は、根っからのインラン女なんです。だから、快感にはひたすら貪欲で、ついついすぐ反応しちゃうという因果な性分なんです。

「ああ、ほら、乳首がこんなに立ってきましたよ。ツブツブもこんなに赤く色づいて……なんてエッチな眺めなんだ」

彼はそう言って、左右の乳首をコリコリと指でしこりながら、そのまま上体を下ろしていきつつ、私のお腹からおへそ、そして下腹部へと舌を這わせました。

「あ、ああん、やん……はぁ……っ……」

乳首から甘い痺れがジワジワと広がっていき、同時に下半身がゾクゾクと身震いしてしまいます。

そして、ついに彼の口が剥き出しの私のアソコをとらえました。

クリトリスの突起を舌先でクリクリといじくられ、そのまま下に下りてチュプリ、とワレメの中に入り込んできました。

「ひあ……はぁっ、はぁ……ああん……！」

入り込んだ舌は、奥のほうまでえぐるようにして掻き回して……そのたまらない快感に、思わず腰がガクガクとしてきてしまいました。

「あふ……奥さんの中、すっごく熱くぬかるんでて……僕の舌が溶けちゃいそうだ……んぶっ、ぬぷぅ、んじゅぶっ……」

「ああん、いいっ、いいわ……ああん、はぁ……！」

彼のオーラルプレイは本当に執拗で濃厚で……夫も今の不倫相手もここまではしてくれないから、私のカラダはその慣れない快感にひとたまりもなく、悶え溺れてしまったんです。

「はぁ、はぁ、はぁ……じゃあ奥さん、そろそろ僕のも舐めてもらっていいですか？」

いよいよ彼が自分のペニスを私に向けて突き出してきました。

正直、私はそれを待ちかねていました。自分の性感の昂ぶりとともに、もうチ○ポを舐めたくて、舐めたくて……完全に飢えまくっていたんです。

彼のペニスは長さはそれほどでもないものの、どっしりとした肉太で重厚感溢れるものでした。これもまた、夫とも不倫相手とも違うタイプで、私は喜び勇んでソレにとりつき、舐めしゃぶってしまったんです。

「んぐ、んじゅっ、はぷ、ぐじゅぶぅ……ぬぅぶぅ……」

「ああ、奥さん、す、すごい……き、気持ちいいですぅ……チ、チ○ポ、蕩けちゃいそうだぁ……」

彼のペニスは私の口の中でますます力感を増し、顎が外れんばかりに硬く大きく膨張してきました。

ああ、早くコレをぶち込んで欲しい……私は濡れまくったアソコをひくつかせながらそう熱望し、彼もそれに応えるかのように、

「よし、じゃあ、奥さん、僕のチ○ポ、奥さんのマ○コの中に入れちゃいますよ？準備はいいですか？」

そんなの、いいに決まってる！　早く……早くぶち込んでぇ！

そして、ズブリ……と、彼の極太肉棒が私の中に入ってきました。

その存在感たるや、もう凄まじいもので、私はグイグイと肉襞を割られ貫かれながら、脳みそが弾け飛んじゃうんじゃないかと思うくらいの、激しいエクスタシーに翻弄されていました。

「あう、ああ、あ、あ、あああっ……いいっ、いいのぉ～～～！」

「ああ、奥さん……奥さんのココ、締まりすぎて……僕、もう出そうですぅ！」

「ああ、いいわ、出して……熱くて濃ゆいの、たっぷり注ぎ込んでぇ！」

「ああ、奥さん～～～～～～っ！」

溢れんばかりの大量の精液を受け止めながら、私は失神せんばかりのオーガズムを味わっていました。

すべてが終わったあと、

「じゃあ約束どおり、あの証拠動画は削除してくれるわね？」

私が彼にそう言うと、彼は薄ら笑いを浮かべながら、

「う～ん、やっぱり、前言撤回。あともう何回か僕につきあってくれたら、消してあげますよ。え、ウソつきって？　ま、お互いさまってことで」

平然とそう言い放ちました。

あ～あ、本当に一生の不覚。

まあ、気持ちいいからいいけど……ね。

■舅はまるでカメレオンのように首を伸ばしながら、私の全身の汗をペロペロと……

たくましい舅の腕に抱かれ悶えイキまくった熱い夏の一日

投稿者　柳原佳代子（仮名）／29歳／専業主婦

舅は、ずっと私のことを狙っていたのだと思います。

その日……夏の暑い昼下がりでしたが、私は夫に頼まれて、夫の父親が一人で暮らす隣県の実家を訪れました。相続関係の書類に判を押してもらうためです。

舅は今年で六十歳になるのですが、昔自衛隊にいたというだけあって、ちょっと虚弱気味の夫と違って、年齢を感じさせない頑強な肉体の持ち主でした。昨年、義母と熟年離婚をしてしまったのですが、その原因は、おもに舅のＤＶだったという話です。

そんなわけで一人息子の夫も、義母とはよく連絡をとっているようなのですが、舅のことは怖くて敬遠気味で、めんどくさい接触を私に押しつけてきたというわけなんです。郵送での書類のやりとりじゃダメなの？　と聞いたのですが、舅はけっこう杜撰な性格で、目の前で署名や捺印をさせないと、いつ書類が返ってくるかわからないから、とのことでした。

ただ、私は舅のことをやはり恐れる反面、どうしようもなく惹かれる自分を否定できませんでした。

先ほども書きましたが、夫はその虚弱気味な体質からか、あっちのほうも弱くて、実は私、いまだかつて一度も満足させてもらったことがなくて……でも逆に舅は見た目どおりに精力絶倫で、そっち方面でも義母をこれまで何度も悩ませてきたというのです。だから、舅に近づくと、その野獣のようなフェロモンに無性に昂ぶってしまう自分がいて……。

「やあ、よく来たね。上がって、上がって」

私が行くと、舅は思いの他、愛想よく出迎えてくれました。

でも、家の中はエアコンが効いておらず、ムワッとする暑さの中、私は居間に通され、噴き出してくる汗をハンカチで拭いながら、ちゃぶ台を挟んで舅と向き合いました。一応冷たい麦茶を出してくれたので一息つけましたが。

舅は言われたとおり、素直に私の目の前で書類に署名、捺印をしてくれました。

「ありがとうございます。お手数いただき、すみませんでした」

でも、私が礼を言って書類を受け取ろうと手を伸ばした、そのときでした。

舅がその私の手を、グッと摑んだのです。私はびっくりして、

「な、何をするんですか、お義父さん！　放してください……」

と抗い、手を離そうとしたのですが、野太い舅の手はびくともしませんでした。そして、えも言われぬ淫猥な笑みを浮かべて、こう言ったのです。

「そんなに怖がらなくてもいいよ、佳代子さん。こっちは全部お見通しなんだから。翔太（夫のこと）に満足させてもらってないんだろ？　だから、ほんとはずっと俺に抱いて欲しいって思ってたんだよな？　ん？」

「そ、そんな……何言って……！」

私は舅に図星を指されて内心うろたえながらも、必死で抗おうとしました。でも、ものすごい力で舅に握られた腕から、まるでエネルギーが吸い取られていくかのように、全身の力が抜けていってしまいました。

「あ、ああ……」

私の全身からはさらに汗が吹き出し、やたらとカラダが火照ってきてしまいます。

舅はそんな私をグイッと引っ張って自分のほうに引き寄せると、私の胸元を流れる汗のしずくを、舌でヌチャ～と舐め上げてきました。

「ん～ん、甘酸っぱくて美味い！　若妻の瑞々しいエキスはたまらんな～……ほら、カラダが熱くてたまらないんだろ？　こんな野暮な服、脱いじまいな」

そう言ってまたたく間に衣服を剝ぎ取ると、私は全裸にされてしまいました。

「ふふふ、いいカラダだ……ほんと、翔太になんかもったいない。佳代子さん、あんたが嫁に来たときから、こうやって可愛がってあげたいって、ず～っと思ってたんだよ。ああ、やっと想いが叶った」

舅は嬉しそうにそう言うと、すっかり脱力してしまった私を見下ろしながら、自らもランニングシャツと短パンを脱いで、裸になりました。

その瞬間、もうすでに勃起した舅のペニスが目に飛び込んできました。

長さも太さも、はっきり言って夫の倍近くもあるのじゃないでしょうか。

私はそのあまりのド迫力に、思わず目が吸い寄せられ、ゴクリと大きく生唾を呑んでしまったくらいでした。

舅は畳の上に寝そべった私の上に這いつくばるようにすると、まるでカメレオンのように首を伸ばしながら、私の全身の汗をペロペロと舐めてきました。その動きはヌメヌメと淫靡で、じわじわとした快感が全身の肌から染み込んでくるようでした。

「あ、あああ……お義父さん、だめです、こんなことしちゃ……」

まだかろうじて残っていた理性が、私にそう言わせましたが、

「ふふふ、いいんだよ、そんな貞淑な人妻みたいなふりしなくても。もういいじゃな

いか、自分の欲求に正直になっても、ね？　俺たち、本当はずっとお互いのことを求め合ってたんだから」

舅はそう言って、いともたやすく核心を突きながら、私の胸にしゃぶりついてきて、その瞬間、ついに私の理性は完全に吹っ飛び、性の渇きに喘ぐ一匹のメス犬に成り下がってしまったのです。

「う～ん、美味い、美味い！　この水蜜桃みたいな瑞々しいオッパイ、さくらんぼみたいに可愛い乳首……美味すぎて、本当に食べちゃいたいくらいだ」

そうしてさんざん胸を弄んだあと、舅の口戯は脇腹からおへそ、下腹部へとヌラヌラと這い下りていき、ついに私の秘部へと達しました。

「ああ、きめ細かいヒダヒダがピンク色に鮮やかに色づいて……なんてキレイなんだ。たっぷり舐めてあげるからね」

舅はそう言いながら私の秘部を掻き分け、舌を内部に滑り込ませてくると、ヌジュヌジュとえぐり回すようにしながら、ジュルル、ズジュジュジュ……と、際限なく溢れ出してくる愛液を啜り上げ、ング、ングと飲み下していきました。

「あひぃ……はぁん、あ、あ、あぁ……あはぁん……」

私は思わず舅の頭を自分の股間にグイグイと押さえつけ、もっともっとと、あさましくもさらなる快感を要求していました。

「はは……佳代子さんはほんと、欲しがりやさんだなぁ。じゃあ、今度はお互いに舐め合おうか。俺のチ○ポが舐めたくて、仕方ないんだろ？」

私としては、もちろん望むところです。

私たちは畳の上で、互いに上下逆さまになって横たわると、それぞれの性器にむしゃぶりつき、愛戯を繰り出し合いました。

舅の亀頭は怖いくらいに大きく張り出していて、咥え応え満点。私は思い切り大きく口を開けてジュッポリと喉奥まで呑み込み、苦しいくらいに少しえづきながらも、否応もないそのイラマチオの興奮に支配され、無我夢中でズチュズチュと舅のペニスを口内に出し入れしました。

「おおう、いいぞぉ、佳代子さん……チ○ポ、持ってかれちまいそうだぁ！」

舅のほうもそう言って喘ぎ、お返しとばかりに、より一層私の秘部を責める口唇愛撫に熱を込めてきました。

「あ、あ、はぁん……お義父さん、あぁっ……もう、もうお義父さんのチ○ポが欲しいの……あぁっ……」

「はぁ、はぁ、はぁ……ああ、俺もそろそろいっぱい、いっぱいだ……じゃあ、佳代子さん、入れるからね！」

「は、はいぃぃっ！」

ついに舅のペニスが、バックから私の中に突き入れられてきて、私の尻肉をパンパンいわせながら、ものすごい勢いで抜き差しを繰り出してきました。

「あっ、ひぃ、はふぅ……あぁんんっ！」

「あうぅ、締まる……ギュウギュウくるぅ……おおう、佳代子さんっ！」

次の瞬間、私の中でひときわ大きく膨張したかと思うと、バンッ！　という感じで舅のペニスが爆発し、ドクドクとザーメンが注ぎ込まれてくるのがわかりました。

私の頭の中は真っ白になって、絶頂の大波に呑み込まれていったのです。

その後、シャワーを浴びさせてもらい、私は舅の家をあとにしました。

「またおいで、佳代子さん。いつでも大歓迎だよ」

舅はそう言って、にこやかに見送ってくれましたが、それからはまだ行けていません。でも、そう遠くないいつか、私は間違いなく舅のもとを訪ねてしまうでしょう。

■マコトのエビ反ったペニスの先端が、私の中の上奥のほうをヌプヌプとつつき刺激し……

偶然再会したセールスマンの元カレのエビ反りペニス快感

投稿者 熊切美佐代（仮名）／30歳／パート

こんな偶然ってあるんですねぇ。

たまたま訪問販売にやってきたセールスマンが元カレだなんて。

玄関のチャイムが鳴って、ドアの覗き穴から相手の顔を見た瞬間、すぐにわかっちゃいました もん。

あ、マコトだ、って。

彼とつきあってたのは五年ほど前のこと。

イケメンでガタイもよくて、カラダの相性もばっちりだったんだけど、なにせそんなヤツでしょ？　他の女もほっとかないらしくて、もう浮気三昧！　ほとほと愛想が尽きて、私のほうから別れを突きつけてやったんです。

でも正直、そのあとつきあった連中とのセックスは、マコトとの足元にも及ばなくて……彼のことを恋しく想ったことは一度や二度じゃありませんでした。

まあ、そんな中でも、まあまあエッチもよくて、いい会社に勤めてた今の夫と結婚したわけですが、これもまた運命的偶然でしょうか。夫とは最近すっかりご無沙汰のセックスレス状態で、私は日々悶々と欲求不満を抱えてるところだったんです。

というわけで、ある意味、〝飛んで火にいる夏の虫〟という感じでしょうか？

私はガチャッと玄関ドアを開けると、彼の手を引っ張って家の中に問答無用で引きずり込んだんです。

「……って、美佐代？　マジ？　うっわ、驚いたぁ！」

「それはこっちのセリフよ！　訪ねてきたのはあんたのほうでしょ？」

「いやまあ、そりゃそうだけど……」

「で、何売って回ってるの？」

「健康食品。いや、いいよ、売ってる俺が言うのもなんだけど、ろくなもんじゃないから、美佐代に売りつけようなんて思わないからさ」

「ふ〜ん……いいよ、ちょっとくらいなら買ってあげても」

「ええっ？　いいって、いいって。けっこう高いしさ」

「ふふ、もちろん条件つきだけど。ノルマ、けっこう厳しいんでしょ？」

「う……うん、まあね。そりゃ買ってくれるっていうんなら、大助かりだけど……ちなみに条件って何？」

「うふ……抱いて！」

私はリビングからマコトの手を引っ張って、夫婦の寝室へと連れていきました。

「え、え、え、え……い、いいの、そんなことして？」

「柄にもなく躊躇するんじゃないわよ！　あの頃、手当たり次第にヤリまくってたくせに！　とにかく、あなたのことが欲しくて仕方ないの！　ね、抱いてくれたら商品買ってあげるから！」

そう言って懇願すると、ようやく彼も、

「了解！　そういうことなら、昔を思い出していっぱい美佐代のこと、可愛がってあげるよ。それにしても、あの頃さんざん、俺のことヤリチンだ、ゲス男だの、ののしったくせに、今じゃ逆に不倫を迫ってくるなんて……とんだインラン人妻になったもんだなあ、おい」

「うるさいの！　ほら、脱いで脱いで！」

私はさっさと自分の服を脱ぎながら、彼にもそう言って促しました。

「へいへい、わかりましたよ、奥さん」

そう言って服を脱いだ彼のカラダは、あの頃と同じように筋肉質で引き締まっていて……それを見ただけで、私はズキンと疼いてしまいました。

「へぇ、美佐代もけっこう保ってるじゃん。オッパイも相変わらずプルンとしてるし、カラダの線も全然崩れてないし……いい感じだ」

「うん、まだ子供も産んでないしね。マコトこそ、昔と変わらずとってもステキだわ。ああ……たまんない……」

さっきまでの憎まれ口はどこへやら、私はもはや快楽に飢えた、ただの欲求不満人妻に成り下がり、マコトのカラダにすがりついていました。

「はぁ、はぁ、はぁ……ああ、マコトォ……」

彼に抱きつき、気が済むまでベロベロとその胸を、腹筋を、へそをさんざん舐め回したあと、満を持して股間に食らいつきました。

マコトのペニスは、大きさも硬さも標準以上ですばらしいのだけど、なんといっても一番の魅力は、その荒々しいまでの反り具合です。

勃起すると、まるで中国の青竜刀のように大きなカーブを描くソレは、アソコの中で普通のペニスじゃ絶対に当たらないような箇所をついて、マコトにしかできない快感をもたらしてくれるんです。

その極上のよさを思い返してアソコを熱く湿らせながら、私はマコトのペニスをしゃぶりまくりました。亀頭をこれでもかとねぶり回し、竿を何度も何度も舐め上げ、玉を執拗に揉み転がして……。

「んん……ああ、相変わらず美佐代のフェラは最高だ。ちょっとこのままじゃ出ちゃいそうだから、そっちも舐めさせてよ、ね？」

マコトにそう言われ、本当は早く本番してほしくて仕方なかったんだけど、入れてすぐにイカれちゃったんじゃ困るし……で、言われたとおり少し舐めさせてあげることにしました。

でも……やっぱり、マコトったら案の定、相変わらずオーラルセックスは下手で、私はあんまり気持ちよくありませんでした。だから、すぐにやめさせて、

「ああん、もう舐めるのはいいから！　早く……早くこのマコトのすごいチン〇ン、私のアソコに入れてぇ！」

と、熱願していたんです。

「はいはい、俺のペロペロ、下手くそですみませんでしたねぇ（笑）。了解！　じゃあこのエビ反りチ〇ポ、美佐代の中に入れちゃうからね～っ！」

マコトはそう言うと私の両脚を大きく広げて、パックリと口を開けたアソコ目がけて、ペニスを突き刺してきました。そして腰を勢いよく突き引きして、肉襞を貫き、

ついに待ちかねたアノ衝撃が……！

「あっ、あああああっ、ひあああああっ、んはあぁっ！」

マコトのエビ反ったペニスの先端が、私の中の上奥のほうをヌプヌプとつつき刺激して、他の男とでは絶対に味わえない快感の火花が弾けたんです。

「あっ、あっ、あっ……すごい、すごい、マコト、すごいの〜〜っ！」

「はぁはぁはぁ……くぅ、美佐代の中も相変わらず狭くて……ううっ、し、締まるぅ」

そう喘ぎながら、マコトはますますピストンを激しくしていき、そのエビ反り快感は怖いくらいに高まっていきました。

「あん、もう……イ……イクゥ……！」

「ああ、お、俺も……で、出ちゃうぅ……！」

次の瞬間、マコトは盛大に射精し、私は膣奥でそれをたっぷりと受け止めながら、久しぶりの絶頂体験に酔いしれたのでした。

そして約束どおり、彼が売ってる健康食品を買ってあげたんだけど、一番安いものでも一万円……うう、ちょっと家計には痛かったかな？

■淫らな汁を滴らせながらまん中でくぱぁと口を広げた、肉割れに唇を押しつけて……

社宅の昼下がりを濡らす女同士のトリプル・エクスタシー

投稿者 浜村千恵子（仮名）／32歳／専業主婦

夫の転勤に伴い、初めて訪れる他県の社宅に、小学一年生の息子と三人で引っ越してきました。

夫は私よりだいぶ年上の四十一歳で、会社でもそれなりの地位にいるので、ほら、よく聞く、夫の社内の地位次第で妻のヒエラルキーも決まるという、いわゆる社宅内カーストも、それほど心配しなくてもいいかな、と思っていました。

すると思ったとおり、社宅内の奥様たちのほとんどが私のことを一歩引いて尊重してくれて、非常に快適に暮らせることがわかり、ほっと一安心というところでした。

そして引っ越してきてから二週間後、中でも一番私に対してよくしてくれる二人の奥様が、あらためて私の歓迎会を開いてくれるということになりました。

え、今さら？

と正直思いましたが、彼女たちによると、

「しばらく接してきて、本当に浜村さんが親しくおつきあいするに相応しい、すばらしくよくできた人だから、あらためて歓迎してあげたくなっちゃったんです。今後ともくれぐれもよろしく、って」

まあ、そう言われれば悪い気はしません。

私はお言葉に甘えて、彼女たちの提案を受け入れることにしたのです。

歓迎会は二人のうちの奈美さん（三十六歳）のところで、午前十一時から行われました。平日で、息子は学校からそのまま塾に行って、帰ってくるのは午後三時過ぎなので、歓迎ランチパーティーとしてはちょうどいい感じでした。

奈美さんと、もう一人の沙織さん（三十七歳）が、それぞれお手製の料理やスイーツを用意してくれて、それらはどれも美味しく、彼女たちの社宅の人間関係にまつわる話なんかはどれも面白く、とても楽しい時間を過ごすことができました。

ところが、さんざん盛り上がって午後一時を回った辺りだったでしょうか、なんだかとてつもない眠気が私に襲い掛かってきたんです。

いや、別に寝不足でもないし、お酒を飲んでるわけでもないし、なんで？　と、私は混乱し、でも、睡魔はますますひどくなるばかりなので、二人にそう言って、申し訳ないけどこの辺でおいとまします……と、伝えたところまでは覚えているのですが、そのあとはまったく記憶が飛んでしまって……。

ふと目を覚ますと、私はソファに座っていて、なぜか両脇に奈美さんと沙織さんが、私を挟む格好で座っていました。

え、なに？　と、まだ寝起きで少しボーッとした頭でうろたえましたが、さらに驚いたことが……。

私も他の二人も、一枚の衣服を身に着けておらず、三人とも全裸だったのです！　しかも、私に至っては、両手を柔らかいけど丈夫なひもで縛られていて自由が利きません。

「な、何なんですか、これ？　奈美さんも沙織さんも一体……!?」

と、私がキレ気味に問いかけると、返ってきたのは思いもよらない答えでした。

「ふん、何って、これからが本当の歓迎会よ。一服盛らせてもらって申し訳ないけど、千恵子さんには、いよいよ私たちの本当の仲間になってもらおうと思って」

と、奈美さん。続いて沙織さんが、

「そう。やっぱりあんた生意気なのよ。あたしらより年下のくせに、ダンナの威光があるからって、お高くとまっちゃってさ。こりゃ一つ〝ヤキ〟入れてやんなくちゃってね！」

ヤキって……本当の仲間って……、私、そんなふうに思われてたの？

ものすごく怯えてしまった私は、救いを求めるように奈美さんのほうを見ましたが、彼女はやさしげに微笑んで、

「ふふ、大丈夫よ。ヤキって言ったって、暴力をふるったりするわけじゃないから。ただ、今後、私たちに対して大きな顔ができないよう、ちょっとした弱みを握らせてもらうだけだから。ね、沙織さん？」

「そうそう、そうやってこそ、本当の仲間になれるってものよ」

奈美さんに続いて沙織さんがそう言って、なんと二人して両脇から、私に口づけしてきたんです。耳朶をしゃぶられ嚙まれ、うなじを舐め上げられ、唇を吸われ舌を絡め取られて……衝撃の成り行きの中、でも、驚愕し抗おうとする心とは裏腹に、体中を走る稲妻のような快感の奔流に、私はどうしようもなく呑み込まれてしまったのでした。

「あ、ああ、だ、だめ……こ、こんなこと……」

「ふふ、そんなこと言って、ほら、きれいなオッパイがこんなに桜色に火照って、乳首がツンツンに尖っちゃってるわよ？　あなた、女同士の素質ありよ」

奈美さんがそう言い、コリコリと乳首をこね、よじり回してきました。時折長く伸

ばした爪が乳頭をひっかき、それがまた心地よい刺激となって、私を翻弄します。

「うふふ、ほんとよねぇ……お高くとまった部長夫人が、女二人に責められてこんなに乱れちゃうなんて、こんなことが会社に知れたら、あの立派なダンナさんも一体どんなことになっちゃうことやら……ねぇ？」

沙織さんは意地の悪そうな笑みを浮かべながら立ち上がると、スマホで私の痴態を何枚も撮影していきました。

「い、いやっ、やめてぇ……撮らないでぇ……」

「だ〜め、いっぱい撮っちゃうんだから！」

沙織さんは容赦なくカシャカシャと撮影音を響かせ、私の恥ずかしい姿をメモリーに蓄積していきます。

「さあ、今度はオッパイ舐めちゃうね。う〜ん、乳首大粒で美味しそう！」

奈美さんがベロベロ、チュウチュウと乳首を舐め回し、吸い搾ってきました。

と、同時に沙織さんが私のアソコを指でクチュクチュと揉みやわらげたあと、ぐいと両腿を左右に押し広げて、もうたっぷりと淫らな汁を滴らせながらまん中でくぱぁと口を広げた、肉割れに唇を押しつけてきました。そして、クリトリスを吸い上げながら、中の肉襞を舌でこれでもかと掻き回してきて……！

「あ、ああ、うふぅ……くはっ……！」

「あ～あ、凄いわねぇ、この濡らし具合……奈美さん、部長夫人様のせいで、お宅のソファ、ぐちゃぐちゃに汚れちゃったわよ」

「あらあら、それは困ったわねぇ……まあ、高給取りの千恵子さん宅がなんとかしてくれるでしょ。さあ、じゃあそろそろ仕上げにいきましょうね」

奈美さんの号令で沙織さんが立ち上がると、部屋の隅の戸棚から何かを……なんとバイブレーターを取り出してきて、それをグチャグチャと私のアソコの中に抜き差ししてきました。表面はソフトな素材でできているものの、芯は硬いその淫らな道具が、私の性感を問答無用に貫き、私はもう、何度も何度もイってしまったのでした。

そのあとも、彼女たち二人によって、ありとあらゆるレズプレイを仕掛けられ、私は未だかつて味わったことのない底なしのエクスタシーに酔いしれながら、さらにたくさんの痴態を記録されてしまったのでした。

その後、私と彼女たちのおつきあいのスタンスが、大きく変わってしまったのは言うまでもありません。

でも私、それでよかったかなって思ってるんです。

女同士の新しい世界にも目覚めさせてもらったことですし。

■彼はお湯に浮いているかのように見える私の乳房をやわやわと揉みしだいて……

スーパー銭湯のお湯を淫らな汁で汚染したイケナイ私たち

投稿者 南野はるか（仮名）／30歳／パート

夫の会社の業績が悪く給料も下がり、家計を助けるために日々、重労働のパート（書店での品出し・接客）に精を出している主婦です。

とはいうものの、例の扶養の問題で一ヶ月に稼げる金額はたかが知れていて、なんだか世の中おかしくない？　と、精神的にもストレスが溜まってしまって仕方ありません。

そんな私のたった一つのストレス解消であり、お愉しみであり、贅沢なのが、月に一回だけと決めて行っている、スーパー銭湯です。

たかがお風呂に二千円と考えれば高いですが、月に一回だけ、でも三時間ほどゆっくりと色んなお風呂に浸かってリラックスできる、と思えば、まあそのくらいは許されてもいいんじゃないかなって。

でもこの間、そんなスーパー銭湯で、とってもいけない体験しちゃったんです。

いつもの給料日、私はテンションを目いっぱい上げながら、お気に入りのスーパー銭湯に向かいました。午後の二時くらいだったと思います。

私はいつも、まず体を洗ってから、一時間ほど入浴を楽しんだあと、いったん上がって、リラックスルームで三十〜四十分ほどリクライニングチェアに身を任せて仮眠をとるのですが、当然、ここ一年ほどは毎月来ているので、顔なじみのお客さんも何人かいて、顔を合わせます。

「あら、南野さん。一ヶ月ぶりのお楽しみ、満喫してる？」

「こんにちは！　あたしもう帰るとこなの〜。ごゆっくりね！」

「おう、はるかさん、元気そうでよかった。あんまり仕事、無理するなよ」

と、口々に声をかけてきてくれて、そんなやりとりもなんだか楽しくて、心が癒される気がします。

そのとき、後ろからまた一人、声をかけてくる人がいました。

「やあ、はるかさん。こんにちは。相変わらずきれいだね。湯上りの肌がほんのりと火照って、すごく魅力的だよ」

って、思わず恥ずかしくなるようなことを平然と言ってくる人……こんなの、山中さんしかいません。彼は自営業の三十代なかばくらいの男性で、ちょっと太り気味だけど、なかなかのイケメン。いつもジュースをおごってくれたりと、よくしてくれるのですが、どうにも私のことをメスとして、あきらかにオスの目で見ているような気がして、なんだか落ち着かない気分になっちゃうんです。

「そ、そんなこと……私なんかもうオバサンだし……」

「そうだね。でも、だからいいんだよ。一番の女ざかりだ」

そう、こんなちょっと意地悪なかんじなところも、無性に心拍数を上げさせられちゃうんです。

彼は、私の隣りのリクライニングチェアに座ってきました。

そして、こちらに濡れたような視線を向けてきます。

あれ、なんだかいつもより……アプローチが濃い……？

そして彼は、周囲の人に聞こえないくらいの囁き声で語りかけてきました。

「はるかさんが欲しい。真剣に。これは、いつものちょっと色っぽいオトナの挨拶とはわけが違うよ。心からはるかさんを抱きたいんだ」

彼が言うまでもなく、私を見つめるその瞳の熱さから、それが冗談なんかではなく、本当に真剣なのが、ひしひしと伝わってきました。

いいや、だからといって、はいそうですかと、簡単に受け入れるわけにもいきません。

でも、一方で、心臓が口から飛び出してしまうんじゃないかと思うくらい、鼓動がドキドキドキと激しく打っています。これはときめきなのでしょうか？

そんなグラグラと揺れる私の胸中を見透かしたかのように、山中さんはさらなる押しの一言を投げかけてきました。

「実は今日、俺たちのためにここの家族風呂を予約してあるんだ。誰にも邪魔されない、二人だけの空間だよ」

彼はそう言うと、先に立って、こちらを誘うように見つめながら、リラックスルームの出口へと向かいました。

そして私は、まるで夢遊病患者のようにふらふらと、そのあとを追ってしまったんです。彼のあの熱い瞳に魅入られたかのように……。

このスーパー銭湯の建物の一番奥のほう、あまり人目につかないところに、家族風呂の施設が三つ設置されていました。ここを利用するのは名前どおり家族だけではなく、カップルや若い夫婦が、単に入浴するだけではない目的のために使っているというのは、暗黙の了解でした。

松・竹・梅とある中、彼が予約していたのは、一番広い松の間でした。

例の顔見知りたちなんかに見られないよう、辺りの安全を確認してから、私は山中さんに続いて、松の間に入りました。

彼は、私が中に入るや否や、中から入口に鍵をかけました。そしてここの室内着を脱ぐと、私のも剝ぎ取るように脱がせて、手をとって湯船の中へと導いてくれました。

ちょっと熱いかなと思う湯温でしたが、私たちは膝を折って湯船の中に体を沈めていきました。

彼は私を後ろから抱くような格好であぐらをかきました。そして、うなじに唇を這わせながら、その大きさゆえまるでお湯に浮いているかのように見える私の乳房をやわやわと揉みしだいてきました。

「ああ、念願のはるかさんのオッパイ、やっと揉めた……マシュマロみたいで、なんて気持ちいい感触なんだ」

「あ、そんな……あ、ああ……」

お湯の熱さもあってか、彼の甘い囁きと乳房の揉みしだきがもたらす昂ぶりのせいで、全身がトロトロに蕩けてしまうような感じがしました。

「おや、乳首もこんなにぷっくりと立っちゃって……スケベだなぁ」

彼はそう言って、水面すれすれのところで左右の乳首を摘まんでコリコリとこねしだいてきて、その見た目のエロさもあって、私はますます興奮してしまって。

「あん、そんな……言わないでぇ……だって、気持ちよすぎるんだものぉ……」

と、悶えヨガりながら懇願していました。

「ふふ、そんなこと言って、どんどん感じまくってるみたいじゃないか。どれ、この様子じゃあ、こっちのほうもさぞかし……」

山中さんはそう言って、片手を伸ばして私の股間に触れてきました。ビクビクッと カラダが反応してしまいました。

「ほら、予想どおり。お湯の中でもヌルヌルしてるのがわかるよ。オマ○コのスケベ汁で、あんまり湯船を汚さないでくれよ？」

「そんな……誰のせいで……くひッ！」

彼の指がアソコの中でクニクニと蠢き、私はその気持ちいい衝撃に、思わず身をくねらせて悶えてしまいました。

すると、私のお尻の下で、がぜんムクムクと力強い隆起感がして、グイグイと私のお尻のワレメからアソコにかけてを押し上げてきました。お湯の浮力もあって、まるでペニスの勃起力だけで体を持ち上げられているような感じがしました。

「ほらほら、俺がはるかさんのことをどれだけ欲しがってるか、感じてくれてる？」

「あ……ああ、ああん……」

私はもうたまらなくなって、くるりと向きを変えると、彼にしがみつくような格好で、あぐらの上にまたがり、自分からペニスをアソコに沈めていきました。

「あっ、ああ……とっても、大きい……」

そのまま私ははるかさんの中、燃えるように熱いよ……ううう……」

「あ〜、はるかさんの中、燃えるように熱いよ……ううう……」

そのまま私はチャプチャプとお湯のシズル音をたてながら、自分で体全体を上下に揺さぶって、奥へ奥へとペニスを呑み込んでいきました。

そして、どんどん高まっていって……、

「あっ、ああっ、イクわ、私、もうイッちゃう〜〜〜っ！」

「はあぁ……は、はるかさん……！」

ほぼ二人同時にクライマックスに達していました。

そしてその後、山中さんが郷里の親御さんの関係で、田舎に帰って家業を継がねばならず、その前に私と最後に一度、愛し合いたかったのだということを知りました。

想いを遂げさせてあげることができて、よかったと思います。

第三章 はじけるような不倫

■私の濡れた肉ビラが無残に引き裂かれ、肉洞いっぱいに彼の肉棒がミチミチと……

夫の不在に身悶えする私を癒してくれる絶倫後輩社員！

投稿者 高村美和（仮名）／26歳／OL

ちょっと聞いてください！

私たち、まだ新婚半年だっていうのに、夫が単身赴任になっちゃって、私ってばエッチしたい盛りのカラダを持て余して、日々悶々とするばかり。もう毎晩のようにオナニーしちゃってました。

でもやっぱり、自分の指や無機質なバイブじゃなんだか物足りなくて……慣れない遠方の地で一生懸命働いてる夫には本当に申し訳ないけど、会社の後輩の健太くんを誘って、セフレとしてつきあってもらうことにしたんです。

実は前から健太くんには、

「アソビでいいから僕とつきあってください」

って、何度もアプローチされてて、これまでは適当にあしらってたんだけど、いざ自分がここまで〝男欲しいモード〟に陥っちゃうと、ええい、もういいや！　こうなったらお望みどおり、健太くんにエッチしてもらっちゃおう!　って気分になっちゃったんです。

もちろん、健太くんは大喜びでOKしてくれて、早速、一人暮らしの彼のワンルームマンションを訪れることになりました。

「もしイヤじゃなかったら、いっしょにお風呂、入りましょうか?」

そう健太くんに言われ、なにぶん私ってば、もうすっかりエロエロテンションMAXに高まってたもんだから、少しでも早く男の生身に触れたくて、二つ返事でOKしていました。

まず、ボディシャンプーをこれでもかと泡立ててお互いの体を洗い合ったあと、二人一緒に湯船に浸かりました。でも、決して広くはないユニットバスなもんだから、浴槽も狭く、向かい合った彼の膝の上に私が乗っかるような恰好でしか収まりません。

「ごめんなさい、こんなに窮屈で」

健太くんは申し訳なさそうにそう言ったけど、逆にその窮屈さがたまらなく刺激的だったりして……彼の股間のモノの存在を、自分の股間で感じながらうっとりしていると、彼が私の体をお湯の浮力を利用してふわふわと持ち上げて、水面ギリギリに浮かび上がった私のアソコに口をつけてきました。

浴室独特の湿った明るさの中、チャプチャプいう湯船の波音を聞きながら、目の前で自分のアソコを舐め吸われる感覚は、それはもう、えもいわれずエロ気持ちよくて、

「あ、ああん、やだ、は、恥ずかしいよぉ、健太くぅん……」

私は自分でもギョッとするような甘ったるい喘ぎ声をあげながら、何度も何度も反応してしまいました。ニチュ、ヌジュ、ジュル……と、お湯とは明らかに違うぬめった光を発しながら、アソコから分泌された愛液のたてる音が浴室内にいやらしくこだまし、私は思わずその気持ちよさに腰を迫り上げてしまいます。

「ああん、はぁ、あふ、ふあぁん……」

「んじゅぷ、んぷ、はぁ、美和さんのジュース、甘くてネットリしてて……とっても美味しいです、ん、んじゅぶぅ……」

「ひ、ひ……ひああっ！」

とりあえず、軽く一回イッてしまいました。

健太くんは、脱力している私の体を湯船から上げてバスタオルで拭くと、お姫様抱っこをしてベッドへと運んでくれました。

さっきのリハーサル的絶頂の余韻からすぐに復活した私は、横に寝そべる彼ににじり寄って言いました。

「今度は私が健太くんのシテあげるね。ふふ、すごく大きいのね」

そして、横手からペニスを咥えると、思いっきり気持ちを込めてフェラチオしてあげました。立派に膨張した亀頭をズッポリと呑み込んで、唾液をたっぷりと分泌し、ネットリと絡ませながら、舐め、吸いたててあげると、

「んんっ、ああ、ふぅ……ああ、とってもいいです、美和さん……」

健太くんも声を上ずらせながら感じてくれました。

そしてその間、健太くんもまた、私のアソコを指でクチュクチュと弄んでくれて
……すぐさま私はまた昂ぶってきてしまいました。

「ああ、感じるぅ、はあぁ……ねえ、もう私、ガマンできない、健太くんのチ〇ポ、早く私のマ〇コの中にちょうだーい……」

「ああ、僕も早く美和さんの中に入れたいです」

私たちは体勢を入れ替えて正常位の姿勢をとると、健太くんが太くて硬いチ〇ポを突き入れてきました。私の濡れた肉ビラが無残に引き裂かれ、肉洞いっぱいに彼の肉棒がミチミチと充満し、待ちかねた快感が湧き上がってきました。

「ああっ、イイッ、イイのぉ！　感じるわぁ……」

「はぁ、はぁ、はぁ……美和さんっ！」

力強い彼の腰の抜き差しに翻弄され、またもや私の胎内にオーガズムの波が押し寄せてきました。そして……、

「ああっ、また……またイッちゃう、あああ～～～っ！」

なんとさっきの浴室での絶頂からものの十分も経っていないというのに、私は二回目のクライマックスを迎えてしまっていたんです。

今度のは、さっきのとは段違いにヘビー級の快感でした。

ああ、やっぱりエッチはナマのチ○ポに限るわぁ……私がさらなる絶頂の余韻に浸っていると、健太くんが平然と言い放ちました。

「美和さんたら、何ぜんぶやりきった感出してグッタリしてるんですか？　僕の実力はこんなもんじゃないですよ。さあ、次はバックでいきますよ。ほらほら、後ろ向いて四つん這いになって！」

「え、ちょ……もうちょっと休ませてぇ……」

思わず懇願してしまった私ですが、完全にイケイケモードの彼は聞く耳を持ちませんでした。

軽々と私の体を持ち上げてひっくり返すと、背後から尻たぶをガッシリと掴んで、バックで肉棒を突き入れてきたんです。

「んあっ、あくぅ、ひはぁ……っ！」

驚くことに、すぐさま反応して感じまくる自分がいました。

「ああっ、また……また、くるぅ……あふぅん……っ！」

なんと本日三回目のイキ果てです。

でも、もちろん、自分はまだイッてない健太くんはすぐさま次の責めに……今度は寝転がると、天を突くようにそそり立ったチ〇ポの上に私をまたがらせて、下からズブズブと突き入れてきました。そのまま私の両の乳房をグイグイと揉みしだきながら、跳ね上げるように突き上げてくるんです。

「んああっ、はっ、はっ、はっ……ああ、やだ、また……ああっ！」

「んくぅ、美和さん、僕も……くうぅっ……！」

そして、ついに四度目の絶頂にして、私は彼の熱いほとばしりを胎内に受け入れることができたんです。

こうして、今や週イチで関係しちゃってる私と健太くんなのでした。

■耳朶と、胸と、アソコの三点責めにさらされ、あたしはもう足腰ガクガク状態……

通勤電車の中だけの恋人と密かな痴漢プレイに溺れて

投稿者 宮平理奈（仮名）／31歳／パート

あたし、地元から五駅離れたところに、毎朝パートに通ってるんだけど、その通勤の電車の中だけの恋人がいるの。でも、彼と会えるのは週に一回、火曜日だけ。もう私、毎週毎週、火曜になるのを心待ちにしちゃってる。

最初の出会いは、ただの痴漢と、その被害者女性としてだった。

そりゃもちろん、そのときは驚いたし、怖かったけど、触られてるうちに、どんどん気持ちよくなってきちゃって、あたし、ああ、これよ、こういうのを待ってたんだわって、気がついちゃったの。

夫とは不仲っていうわけじゃないけど、今年で結婚六年目ってことで、まあはっきり言って、倦怠期ってやつ？　もう全然エッチする気にならないの。たまにやろうとしても、なんだかちっとも気持ちよくなくて……。

そんな私にとって、その痴漢の彼は、久しぶりに快感と興奮をもたらしてくれる救世主だったというわけ。

つい先週の火曜日も、とっても気持ちよかったわあ。

もちろん、週に一度のその日は、私はノーブラ&ノーパンで、服の下はいつでも準備OK状態。あ、もちろん、バッグの中にはちゃんと持ってて、職場に行ったら身に着けるわよ。

いつもの時間、いつもの車両に乗り込んだ私に、彼がスルスルって乗客の人込みを掻き分けて近づいてくる。そして、ピタリとくっつくようにすると、そのまま連結部の隅のほうに二人一緒に移動してゆく。

実は私たち、一度も話をしたことがないのよね。だから彼の素性は全然知らない。歳はだいたいあたしと似たようなもんかな。身長は私より頭半分くらい高くて、百七十センチちょっとくらい。いつもラフな服装をしてるから、普通のサラリーマンってわけじゃなさそうだけど、かと言って、チャラついた感じにも見えない。それなりにきちんとしてそうな、まあまあのイケメンくんなのね。そして、なんのオーデコロンを使ってるかわからないけど、とってもいい匂いをさせてるの。だもんで、ふっとその香りがするだけで、あたしってば条件反射的にゾクゾク感じるようになっちゃった。

あたしはいつもどおり、連結部のドアに顔を向け手をつく格好で、後ろから彼がピッタリと密着してくる。そして、前のほうに手を回してきて、あたしの厚手のセーターの下で胸を揉み回してくる。

このとき、ドアのガラスの向こうには隣りの車両の乗客の目があるわけで、まああたいていスマホに夢中でこっちのほうなんて見もしないんだけど、それでも、ちょっと気がつけば、私たちが何やら怪しげなことをしてるのがわかっちゃうわけで……うーん、このスリリングなシチュエーションがすっごく興奮しちゃうの！

（ああ、この人、今はスマホのゲームに夢中だけど、もし、少しでもこっちを見られちゃったりしたら……！）

あたしは、彼に胸をムニュムニュと揉み回され、その感触に息を軽く荒げながら、全身を熱く火照らせて、アソコをジュンッと湿らせちゃう。

すると、そのあたしの昂ぶりをさらに煽るように、彼が、こともあろうにあたしの耳朶を嚙んできた！

（ちょっとぉ！　セーターの下のまさぐりとはわけが違って、そんなことしたら丸わかりじゃないのぉ！　ばかなんじゃないの？）

とか、あたしは心の中で毒づくんだけど、その実、もうすっごく興奮してる。結局、このギリギリの大胆さが彼の魅力なのよねぇ。

続いて、彼は胸を揉んでいた一方の手を下ろしてきて、スカートの中に潜り込ませると、もうすでに濡れちゃってるアソコをいじくってきた。耳朶と、胸と、アソコの三点責めにさらされ、あたしはもう足腰ガクガク状態……ハァ、ハァと、息も上がり気味になってきちゃった。彼の指の動きで、アソコがヌチャヌチャいう音が、周りに聞こえちゃうんじゃないかと、車内の騒音や放送でそんなわけないのに、どうしようもないハラハラドキドキ感が、余計に性感を煽っちゃうの。

（さあ、そろそろいつもの次の段取りね）

あたしがそう思っていると案の定、彼があたしの体をクルリと回して自分のほうに向かせて、お互いが向き合って密着する体勢にしてきた。

当然、彼のアレももうしっかりと勃起状態にあって、ズボン越しにその熱くて硬い昂ぶりが、ギンギンにあたしの股間に伝わってくるのがわかる。

（ああ、いつもどおりに大きい……たまんないわあ）

あたしは窮屈なところに無理やり手をねじ込ませて、彼のズボンのファスナーを下ろすと、勃起ペニスを取り出してしごき始める。先端から先走り液が滲み出てて、あたしが手を動かすたびにヌチュヌチュとした感触が起こり、彼のほうも思わず腰を震わせて感じてくれる。

そして、彼もまたあたしの股間に手を伸ばし、お互いにいやらしく責め合いっこする。オチン○ンとオマ○コと、ほぼ距離ゼロセンチの至近距離にあるというのに、もちろん、直に入れたり、触れ合うなんてことはできない。じれったい。でも、それがいい。お互いの手の、指の動きがどんどん激しくなっていく。周りの人に感づかれないギリギリのところで。

(ああ、ダメ、もう、イキそう……)

そう喘ぎながら、彼の顔を見ると、やっぱり感極まったような表情をしてる。

(ねえ、あなたも……あなたもイキそうなの? 白くて濃ゆい液、出ちゃいそうなの? ねえ、ねえッ?)

と、あと少しで達しそうなところで、あたしの降車駅に着いてしまった。

残念、と思う反面、この寸止め感がまたいいのよね。

彼もその辺、よ〜くわかってくれてるみたいで、ニッコリと笑みを浮かべてくれてる。ほんと、あなたってば、火曜日だけの、この電車の中だけでの最高の恋人よ!

また来週、会いましょうね。

■ママが巨乳をゆさゆさと揺らせながら、パンパンと激しく腰を打ちつけて……

スナックの美人ママとの常識を超えたレズビアン関係

投稿者　赤沼さゆり（仮名）／29歳／パート

私、サラリーマンの夫のいる、ごく普通の主婦です。

あ、すみません、ちょっとウソついちゃいました。ごく普通っていうところ。

実は私、男性と結婚してはいるものの、もう、ずっと昔……そう、小学校に上がったくらいの頃から、本当は女の子のほうが好きだったんです。それは、中学校に上がっても、高校生になっても、大学に進んでからも変わることはなく、私が好きになる相手は、当たり前のように女性でした。

でも、ずっと私は、その本当の想いを絶対に表に出すことはできませんでした。それどころか、言い寄ってくる男性たちに対して、自分の本当の性的嗜好を抑えつける形で、無理やりつきあうように自ら強いてきました。だって、今の日本で、女なのに本当は女性が好きだなんていって生きていくことができるでしょうか？　ごく一部、そういう人たちがいるようですが、私には無理です。

だから結局、ずっと根本的な違和感を感じながらも、男性とつきあい、セックスも受け入れ、今に至っているのです。

幸い、夫はとてもやさしく思いやりがあり、まあ正直、月に一～二回のセックスはそれなりに苦痛なのですが、なんとかやり過ごしながら、これからも人生のパートナーとして一緒に生きていけると思っています。

なのに、つい最近になって、そんな私の気持ちを揺るがせるような出逢いに巡り合ってしまったのです。

ある日、私は仲のいいパート仲間が辞めるということで、何人かとでささやかな送別会を開き、一次会の居酒屋に続いて、二次会を近場のスナックで行うことになりました。

その店は初めて入ったのですが、グラマラスでスタイル抜群の美人ママが一人で切り盛りしている、落ち着いたいい雰囲気のところでした。

「あら、そうなんですか、パートのお仲間の送別会ですか。それは本当にお疲れ様でした。じゃあこれ、お店からのサービスです」

ママは、そう言って豪華なフルーツの盛り合わせを出してくれました。こういうのって、ちょっとしたお店だったら一万とか二万とか取られるたぐいのやつでしょ？

私たちはさすがにビビりましたが、ママは、

「大丈夫、大丈夫！　本当に私のおごりだから！　その代わり、これからもうちのお店、ひいきにしてね」

と、とても魅力的な笑顔で言ってくれて、それから私たち三人でけっこう飲んだというのに、本当に一人アタマ三千円ちょっとしか取られませんでした。

それから、私はすっかりママのファンになり、けっこうな頻度でお店に通うようになりました。時には仲間と一緒に、時には自分一人で。そして、ママといろんな話をするうちに、ますますその人となりに惹かれていき、気がつくと……ママに特別な好意を抱くようになっていたのです。

そう、これまで心の奥底のほうに抑えつけてきた、自分の本当の性的嗜好が目を覚ましてしまったのです。途中幾度となく、「ダメよ、女の人を好きになっちゃ！」と自分で自分に言い聞かせるようにしたのですが、ママの魅力はそんなものでは押しとどめられないほど強力なもので、私はもう引き返せない深みにはまっていたのです。

そんなある日、私は珍しく夫と大ゲンカを繰り広げてしまい、家を飛び出すようにして、ママの店にやってきてしまいました。

そしてママに愚痴を聞いてもらいつつ飲み続け、深夜十二時を回り、とうとう他の

お客が全部帰ってしまい、店には私とママの二人だけになりました。

「さあさあ、もういい加減にお帰りなさい。きっとご主人も反省してるわよ」

ママはそう言って私をいさめてくれましたが、私の怒りは収まらず、それどころか、とうとう、勢い余って私は禁断の告白をしてしまったのです。

「もう男なんかこりごり！　私、ママが好きなの……ねえ、ママ、抱いて！」

すると、ママは酔っ払いのたわごとと笑い飛ばすかと思いきや、

「うん、知ってた。さゆりさんの私を見る目……ずっと前から、好きな相手を見る目だって気がついてたよ」

と言い、まっすぐに私の目を見つめ返してきたのです。

思わぬ驚きでしたが、同時にそれは、想いの伝わった喜びの一瞬でもありました。

「じゃあ……抱いて……くれる？」

「さゆりさんが決して後悔しないって約束してくれるなら」

「そんなの……するわけない……」

「……わかった。じゃあ、私の部屋に行こうか」

私は夢のような気分で、ママと一緒に彼女の住むマンションに向かったのでした。

ママの部屋はとてもきれいに片づいていて、うっとりするような甘い香りに満ちて

いました。

私は先にシャワーを浴び、ベッドでママが浴室から出てくるのを待っていました。

浴室のドアが開き、ママがバスタオルを体に巻きつけた格好で出てきました。濡れた髪がとっても色っぽいと思いました。

「さゆりさん、もう一回、聞いてもいい？　私とこんなことになって、絶対に後悔しない？」

「もう、ママったらくど～い！　絶対後悔しない、約束する！」

「わかったわ。じゃあもう、後戻りはナシってことで」

ママがそう言って、はらりと床にバスタオルを落としました。

すると、衝撃的な光景が私の目に飛び込んできました。

なんと、ママの股間にはペニスがあったのです。しかも、かなり立派な……！

「え……ええっ⁉　な、なんでママにオチン○ンが……？」

「そう、これが私の本当の姿。って言っても、まだ工事中ってやつ？　ゆくゆくはこれも取っちゃって完全な女になるつもりだけど、今はまだ手術費が貯まってないの」

そう、実はママは元々肉体的には男だったのですが、心は女で……いわゆる性同一性障害。いずれ心身共に女性になるべく、働いてお金を貯めていたのです。

「ごめんね。でも、さゆりさん、後悔しないって約束してくれたし、私もちゃんと女としてさゆりさんのこと好きだから、このまま抱かせてもらうね」

と言いつつ、ママの興奮の仕方はやっぱりまだ男で……見事なまでに美しい巨乳の持ち主でありながら、その股間ではペニスが勃起してそそり立っていました。

でも、不思議なことに私はなんの嫌悪感も感じませんでした。

男はこりごりだなんて言っておきながら、相手のことを心から好きならばそんなことはまったく関係がないようです。私はママの勃起ペニスに手を添えると、心を込めてフェラチオしていました。夫のモノはただの〝性器〟としか感じられないのに対し、ママのそれは愛する相手の〝一部〟として、もう愛しくて愛しくて仕方がないのです。

「あ、ああ、さ、さゆりさん……あぁっ……」

私の舌が下のほうから玉袋、竿の裏筋、鈴口と舐め上げ、唇が亀頭をズッポリと咥え込み吸いしゃぶると、ママは悩ましげな喘ぎ声をあげてヨガりました。

「ああ、ママ……気持ちいい？　感じる？」

「ええ、とっても感じるわ。すてきよ、さゆりさん……」

ママはそう言ってひざまずくと、自分の乳房を私のにあてがい、グニュグニュと押しつぶすように密着させてきました。えも言われず甘美な電流が走り抜け、私は思わず身をのけ反らせて感じてしまいました。

「ああっ、ママぁ……オッパイ、いいっ……いいのっ！」

「はぁぁ……さゆりさんのオッパイ、感度いいのね。乳首がビンビンに立っちゃって、もう怖いくらいだわ。ねえ、今度は舐め合いっこしましょ？」

ママはそう言って体勢を変え、私たちはシックスナインの格好になりました。

私はさっきに輪をかけて一心不乱にママのペニスをしゃぶり上げ、吸い立てました。

真っ赤に膨張した亀頭がビクビクと震えて、先端からガマン汁を滴らせています。

ママも私のアソコに食らいつき、クリトリスをクチュクチュと舐め転がし吸い、ヴァギナの中に長い舌を滑り込ませて掻き回し、絶え間ない快感を送り込んできてくれました。

「ああっ、ママぁ、いい、感じるのぉ！　はふぅ、あう……ああっ！」

「ああ、さゆりさん、私のオチン○ンももう、いっぱいいっぱいよ！　これ、さゆりさんの中に……入れてもいい？」

「ああん、入れて！　ママのオチン○ン、私のオマ○コの奥まで入れてぇ！」

私たちはもう極限まで昂ぶり、ママは私に覆いかぶさると、ヌプッとペニスを挿入してきました。たまらない圧迫感が私の膣内を満たします。

「ああ……ママの……すごい入ってきてるぅ……！」

「ああ、さゆりさん、さゆりさん……はっ、はっ、はっ……」

ママが巨乳をゆさゆさと揺らせながら、パンパンと激しく腰を打ちつけて私を貫いてきます。なんて異常で美しい光景なのでしょう。

そして、いよいよ絶頂が近づいてきました。

「あ、あ、あ、あ……さゆりさん、もう……イキそう……ああっ！」

「ああん、ママ、ママ、ママぁ……あたしも……イクッ……！」

私はママが吐き出した大量の熱いしぶきを受け止めながら、この上ない快感と幸福感を味わっていたのでした。

それから、月に一回程度の割合で、ママとの逢瀬を愉しんでいます。

結局はペニスとヴァギナの交接かもしれませんが、気持ちの上では女同士……この私の本能的関係をこれからも大事にしていきたいと思っています。

■二人は再び見事にペニスを勃起回復させると、我先にとインサートを求めて腰を……

二人の男との激しい行きずり3Pセックスに悶え狂って

投稿者　倉本咲江（仮名）／32歳／専業主婦

主人と大ゲンカしちゃって。

今思い返すと、ものすごくつまらない理由なんですけど、そのときはほんと、頭にきちゃったんですよねぇ……私、大人げなかったなあ。

特に、そのあと起こったことを考えると、むしろ必要以上に主人を裏切るようなことになっちゃったわけで……ちょっとだけ反省してます。

とにかく、その金曜の夜、とりあえず最低限の身なりを整えてから家を飛び出した私は、むしゃくしゃした気分を抱えながら、夜の街をふらふらしてたんです。

そしたら、二人組の年下っぽい男性たちに声をかけられたんです。

「ねえ、おねえさん、一人？　暇だったら俺たちと飲まない？」

と、長身でしゅっとした感じの細おもての彼。

「そうそう、おねえさんみたいにキレイな人が、こんな時間にぶらついてるなんて、悪い連中にからまれでもしたら大変だよ？　その前に俺たちとつきあおうよ」

と、筋肉質のマッチョくん。

「おいおい、俺たちが悪い連中じゃないなんて保証、あるのかよ？」

と、長身くんが突っ込み、私、不覚にもそのやりとりに笑っちゃった。

「お、その笑顔、いいね～、さあ、一緒に飲もう、飲もう！」

なんだかうまい具合に乗せられて、結局つきあうことになっちゃいました。

まず居酒屋で二時間ほどにぎやかに盛り上がり、そのあと、少し落ち着いたバーへと場所を変えて、カクテルなんかを酌み交わしながら、しっとりした感じで飲みました。そして、彼らの話を聞いているうちに、最初思ったほど遊び人ではなく、意外ときちんとした連中であることがわかってきて、だんだん心を許せるように思えてきました。実は二人とも法律家志望で、今は司法試験合格を目指して、法律事務所でアルバイトをしながら勉強中の身だったんです。

そんな一生懸命な日々の中、今日は、本当にたまの息抜きの日だったというわけ。

「ふーん、二人ともがんばってるんだぁ。いいなあ、若いって」

私が言うと、

「何言ってるんすか、咲江さんだって全然若いっすよ！」

「うんうん、その辺の女子大生なんかよりも、全然若くてきれい！」

と、二人が口々に煽り立ててくれて、私もまんざらじゃありませんでした。

で、私ったらついつい、調子に乗ってこんなこと言っちゃったんです。

「ねぇねぇ、本当に私が若いかどうか、実際に試してみない？」

「え？　実際に試すって？」

「ふふ、こうやって飲むだけじゃなくて、もっと触れ合ってみないかってこと」

彼らが揃って、ゴクリと生唾を呑み込むのがわかりました。

「そ、そりゃ俺たちは望むところだけど……本当にいいんですか？」

「うん……しかも二対一だなんて……なあ？」

なんて、いきなりナンパしてきたくせに、意外とウブなところがまた可愛くて、私はますますノリノリになっちゃいました。

「心配無用よ！　さあ、三人でホテルに行きましょ！　さあさあ！」

今や完全に私が彼らをリードしていました。

私たちは、私を真ん中に挟む格好で三人並んで腕を組み、ホテルのエントランスを潜りました。それほど場末感のない、なかなかオシャレな感じのラブホです。

部屋に入ると、バスルームがそれなりに広い造りだったので、まずは三人一緒にお風呂に入ろうということになりました。

ボディシャンプーをバカみたいに泡立ててお互いに塗りたくって、体を洗い合ったあと、お湯を張った広めの浴槽の中、互いに向き合って座った彼らの真ん中に私が挟まれる形で浸かりました。ちょうど長身くんがあぐらをかいた上に私が後ろ向きに乗っかる感じで、お尻の下に彼の股間の感触を感じます。

「ああ、咲江さん、オッパイ大きいんですね。俺の両手に余るぐらいだ」

長身くんが背後から私の胸を揉み回しながら言い、うなじに舌を這わせてきました。

「ううん……そう？　まあ、昔から胸は大きい、大きいって言われてきたけど、もう歳だからなぁ……垂れてたりしてない？」

「そんな、全然！　張りがあってツヤツヤしてて……最高にキレイでエロいオッパイですよ！　な？」

長身くんがそう水を向けると、私の前に座ったマッチョくんは、

「おう、ほんとですって！　俺の彼女なんて、もっと全然若いけど、なんだかしなびてて……あ、す、すみません……んぐぅぷ！」

マッチョくんは、思わず私の歳のことに触れてしまったバツの悪さをごまかすかのように、長身くんが揉み回してる乳房にむしゃぶりついてきました。

「あ、ああ……もっと、もっとやさしく舐めてぇ……」

「は、はいっ、すみません！　んぅ……んじゅぶ、ちゅばっ……」

「ああ、そう、その感じ……とってもいいわぁ……」

昂ぶってくる性感に喘ぎながら、私の胸の隙間からちらちら見えるマッチョくんの股間を窺うと、もう怖いくらいビンビンに勃起していました。

と、私のお尻の下でも長身くんのアレがムクムクと、かなり強烈にその存在を主張してきました。お尻のワレメからアソコに渡って、硬いこわばりがグイグイと押し込んできます。

もう私もたまらなくなっちゃって、身をくねくねとよじらせてお尻の下の彼を、手を伸ばして前方の彼を摑んでしごきあげ、全身を使って二本のペニスを刺激していました。

「あ、あ、ああ……そ、そんなに動かれたら……」

「はうぅ……咲江さんの手、柔らかくて……激しいっ！」

彼らは口々にヨガリ声をあげ、それを聞いて、ますます私は熱く淫らにアソコをたぎらせてしまいました。

「はぁ、はぁ、はぁ……ねえ、もうお風呂あがって、ベッドへ行きましょう？　私、欲しくてたまらなくなってきちゃった」
　私の鶴の一声が、彼らを動かしました。
　体を拭いてベッドルームへ行くと、私たちは転げ込むようにベッドに上がりました。
そして、私は彼らを並んで立たせ、その前にひざまずくと交互に二本のペニスを咥え、
フェラチオしました。
　私の口の中で、若い二匹のオス蛇は、さらにその身を荒々しく、勢いよくのたうた
せ、ダラダラと淫汁を滴らせながら鎌首をもたげました。
「あ、ああ……咲江さん、いい、すごく、いいですぅ……」
「はう……ほんとに、咲江さんの舌、まるで生きてるみたいに絡みついてきて……俺、
このままイッちゃいそうですぅ……」
「ああ、いいわよ、イッても。でも、そのあとちゃんと、私のこと悦ばせてくれなき
ゃだめよ。若いから大丈夫よね？」
「は、はい、もちろんですぅ！」
　二人は声をそろえて言い、その一瞬後、ものの見事に射精し、大量の濃い精液で私
の顔をドロドロにしました。
「うっわ、すご……ちょっと、これなんとかしてよね！」

私が怒って見せると、彼らはあたふたとホットボックスからおしぼりを持ってきて、私の精液まみれの顔をきれいに拭いてくれました。

そして今度は、約束どおり、彼らが二人がかりで私を責め立ててくれたんです。

マッチョくんが乳房を揉んで舐めて、乳首を吸い搾って。

長身くんがアソコをむさぼるように掻き回し、可愛がってくれて。

「ああ、とってもいいわぁ……はぁ、もうがまんできない、二人のオチン〇ン、私のオマ〇コにちょうだぁい、早くぅ！」

いよいよ極限まで昂ぶってきた私はそう訴え、二人は再びペニスを見事に勃起回復させると、我先にとインサートを求めて腰を突き出してきました。

「ああ、交互に……あなたたちの大きいオチン〇ン、かわりばんこに私のオマ〇コに突っ込んでぇ！」

「は、はいぃ！」

正常位から始まって騎乗位、後背位と、三人は次々と体位を変え、二本のペニスが休むことなく私のアソコを攻め貫き、それは際限のない快感と興奮に満ち溢れた、まさにめくるめくようなときでした。

そして、いよいよ私のクライマックスが近づいてきました。

「ああ、あ、あ、いいっ……イキそう、イク……イッちゃうぅ！」

私の喜悦の断末魔の悲鳴に煽られるように、二人の動きとタッチワーク（？）も慌ただしくなっていき……そしてとうとう、再び、今度は二人の精液をたっぷりと下腹部に浴びながら、私はついにイキ果てていたんです。

彼らと別れ、夜中の一時過ぎ、恐る恐る家に帰ると、主人はもう寝ていましたが、キッチンのテーブルの上に、

『ごめんな、咲江。俺が悪かったよ』

という手紙が置いてありました。

私は知らない男二人と、さんざん行きずりの快感を愉しんできたというのに……ね、さすがにちょっと申し訳ないでしょ？

■アタシはもうたまらず、自分から腰を迫り上げて、アソコを彼の股間にグリグリと……

ヤカラ風だけど思いやりある彼とのレイプ風味SEX

投稿者　三好遼子（仮名）／24歳／OL

つい先週まで、うちの会社が入ってるビル、外壁の補強工事をしてたんだけど、その職人のお兄さんと、イケナイ関係持っちゃいました。

その人、たぶん歳はアタシより一コか二コ、上くらい。すごいイケメンなんだけど、頭は金髪だし、ピアスしてるしで、いかにもヤカラって感じ？　朝九時前にアタシが出勤してくると、もうすでに作業を始めてて、いつもアタシのことジーッと見てきて……正直ちょっと怖くて、アタシは逃げるように小走りになってました。

でも、ある日のことです。

アタシ、課長から用事を頼まれて外回りに行ってたんだけど、全部済ませて社に帰ってきたとき、エントランスのところで、すごい急いでるどっかのサラリーマンにぶつかられ、弾き飛ばされてすっ転んじゃったんです。

「あいた～ッ！」

制服のスカートの裾から出た膝頭を擦りむいて出た血の量は、たいしたことなかったけど、なんだかやたら痛くて、アタシは道端から立ち上がれなくなってしまいました。打ちどころが悪かったんですね。

と、そのとき、例の彼が作業の手を止めて、ササッと近寄ってくると、軽々とアタシをお姫様抱っこして、ビルの管理事務所に連れて行ってくれたんです。そこにならば、応急処置用の救急箱とか置いてあるから。

彼のその迅速な対応がよかったのか、幸い痛みもじきに引き、かすり傷程度で済んだんです。

ところが、アタシがお礼を言おうとしても、彼ったらシャイなのか、ぶっきらぼうなのか……まともにとりあってくれなくて。

アタシは、これは意地でも何かお礼をせねばなるまいと、彼を食事に誘いました。「そんなのいいよ」と、最初は全然相手にしてくれなかった彼でしたが、アタシのしつこさにとうとう根負けする格好で、承諾してくれたんです。

その日の夜は、ちょうど夫も出張中で家にいなかったので、アタシは彼と二人で会社の近所の居酒屋に行きました。

そして彼に好きなものを頼んでもらって、お酒を酌み交わし始めたんですが、杯を

重ねるうちに、だんだんと彼もしゃべるようになってくれて……、

「俺、あんたみたいな人、好きだなぁ……」

「あら、ありがとう！　でも残念、アタシ、結婚してるんだ。童顔だから今でも高校生にまちがわれることがあって、ちょっと複雑なんだけど～（笑）」

みたいな会話までできるようになり。

でも、あとから考えると、そう言ったときの彼のなんだか少し怒ったような表情に、もっと気をつけておけばよかったかな、なんて。

結局、十時頃お店を出て、彼がアタシを駅まで送ってくれるって言うので、じゃあ近道で、と裏手の人通りのない場所を行きました。

でも、これがいけなかった！

今は使われていない、古い雑居ビルの前を通りかかったときのことでした。

彼はいきなりアタシの口を分厚い手のひらでふさぐと、抱え込むようにして、そのビルの裏手へと引きずり込んじゃったんです！

（え、え、え……な、なに、なに、なに……⁉）

いきなりの展開に大パニックに陥っているアタシにおかまいなく、彼は作業ズボンのポケットからお世辞にもキレイとは言えないハンカチを取り出すと、アタシの口に

突っ込んできて、アタシは声を出すことを封じられてしまいました。

そして、冷たいコンクリートの床に押し倒されたアタシは、彼の分厚い肉体に覆いかぶさられ、服を揉みくちゃにはだけられた挙句、ブラもずり上げられてオッパイを露出させられてしまいました。

「ハァ、ハァ、ハァ……！」

彼は荒い息をつきながら、そのアタシの乳房を舐め回し、乳首にしゃぶりついて、力任せに揉みしだいてきました。

最初は痛みしか感じなかったんだけど、執拗に愛撫されてるうちに、だんだんと変な感じになってきて……とうとう、快感のようなものを覚えるようになってしまいました。

「んぐっ、んふぅ……んっ、んっ、んっ……」

くぐもったアタシの呻き声に、そんな変化を敏感に感じ取ったのでしょう。彼はそれまで強引に押さえつけていたアタシの手を放して、自由にしてくれると、自分のジャンパーを脱いでアタシの体の下に敷いてくれました。コンクリートの硬さが痛くないようにという気遣いでした。

この瞬間、アタシのハートは完全に射抜かれてしまったと言っても過言じゃありません。見るからにヤカラ風の風体に反して、この心遣い……いわゆる〝ギャップ〟に、アタシは萌えてしまったんです。

（ああ、この人……スキ！）

アタシは無意識のうちに、手で彼の股間をまさぐっていました。そこには、ごついガタイにたがわぬ、重量感たっぷりの存在がとぐろを巻いていました。

（わあ、す、すごい……うちの人なんか比べものにならない……）

そうやって昂ぶって、ますます激しくこねくり回す私の手に反応して、無我夢中でオッパイを口で愛撫しながらも、彼はペニスをグングンと膨張させていきました。

いやもう、その勃起具合といったら……！

作業ズボンの分厚い生地越しでも、そのデカさと硬さはいやというほどアタシの手に伝わってきました。

そしたらもう、アタシのほうもすごい興奮してきちゃって……思わずアソコがジュン……ッと熱く潤ってくるのがわかりました。

アタシはもうたまらず、自分から腰を迫り上げて、アソコを彼の股間にグリグリと押しつけまくりました。

そしたら、彼もそのド直球なアタシのアピールを感じ取ってくれて、アタシの下半身を裸にすると、自分でもズボンと下着を脱ぎました。

そして、先端からタラタラと透明な液を滴らせた自慢の巨根をしばし見せつけるようにしたあと、おもむろにアタシのアソコに突き入れてきたんです。

「…………ッ！　ンンンッ、んぐっ、うぐぅぅ……っ！」

アタシは声にならない喜悦の悲鳴をあげながら、彼の肉棒の出し入れを受け止め、むさぼり、感じまくっていました。

そして、彼の腰のグラインドも一気に早く、激しくなっていき……、

「あ、うくぅ……い、いくぅ……！」

彼はせつない声をあげながら、アタシの中にドクドクと射精しました。もちろん、アタシも最高のエクスタシーを味わっていました。

「ごめんな、こんなことしちゃって。でも……ありがとう」

彼はアタシにそう言って、去っていきました。

今はもう外壁補強工事も終わり、彼と会うことはありませんが、なんだか忘れられない思い出になっちゃってるんです。

■恥ずかしいほどに淫靡にぬかるんだワレメに指が一本、二本……と挿し入れられ……

若い欲望のたぎりを肉体の奥の奥まで叩きつけられて！

投稿者　黒沼佳純（仮名）／41歳／自営業

ああ、今思い出しても体が火照ってしまう……あんな燃えるような若い欲望を思いきりぶつけられて……ああ、あああ。

わたしは夫と二人で小さなカフェを営んでいる。二階家の一階をお店に改装し、私たち夫婦は二階に住んでいるのだ。

ドリンク・メニューは夫が、フード・メニューをわたしが担当している。

長年培った主婦スキルを活かした食事はどれも評判がよく、最近では週末ともなるとお客さんで大混雑し、とてもじゃないけど夫婦二人だけでは手が回らなくなってしまい、困っていたところ、大学二年生になる夫の甥の貴文くんが土日だけ手伝ってくれることになった。

貴文くんは長身の爽やかなイケメンで、皮肉なことに彼のおかげでさらに女性客が増えて大わらわになってしまったけど、まあ、それはもう仕方ないかと。彼は本当に気が利くし、よく働いてくれるので、夫と二人、大助かりだった。

そんなある週末、夫が風邪をこじらせて寝込んでしまい、臨時休業しようかどうか迷ったのだけど、すでに貴文くんもちゃっかりドリンク・メニュー作りの手順を覚えてしまっていたこともあり、わざわざ遠方から来てくれるお客さんのためにも、わたしたち二人でお店を開けることにした。

でもこれが、どうしようもない過ちだったのだ。

いつもどおりの大混雑でてんてこ舞いだった一日の営業時間を乗り切り、最後のカップル客が帰っていったときには、すでに夜の九時を回っていた。

いったい何食のフード・メニューを作ったことだろう。わたしはほとほと疲労困憊してしまい、長いソファ席にどっかりと座り込んでしまった。

すると、洗い物をしていた貴文くんが、グラスにオレンジジュースを注いで持ってきてくれた。

「本当にお疲れさまでした。今日もすごい込みようでしたね。僕も相当がんばったから、何かボーナスでももらおうかな」

冗談ぽく笑顔で言う彼に対して、わたしも、

「うんうん、本当だね。ねえ、何が欲しい？　わたしにできることなら、今日がんば

ったご褒美をあげちゃうわよ。ねえ、言ってみてよ」

と言って応えた。でもまあ、どうせ「そんな、冗談だから何もいりませんよ」とか言うのだろうと高をくくって。

ところが、しばし真顔でじっと考え込んだ貴文くんは、わたしの思いもよらないことを言ったのだ。

「じゃあ、佳純さんを……抱かせてください」

「……え？　やだ、なに冗談言って……」

と、うろたえるわたしの口は、貴文くんの唇でふさがれてしまった。

「んぐ……んんんっ、んぐふぅ……」

がっしりとわたしの体を抱きしめ込んだ貴文くんの腕は、どれだけ必死にじたばたあがいても、びくともしなかった。どれだけ細面でしゅっとして見えても、やはり彼は、女の細腕では抗いようのない、まぎれもない〝男〟だったのだ。

「んじゅぶ、んぐぷ、ぬふぶ、にゅぶるぅ……」

永遠に続くかと思うほどの長い、そして濃厚な彼の口づけが、どうしようもなくこれが冗談などではなく、怖いほどの本気の行為であることを告げていた。

「ぷはあぁっ……！」

ようやく彼の唇が離れたとき、わたしは魂を吸われてしまったかのように惚け、全身の力がごっそりと抜け落ちてしまっていた。目をとろんと潤ませたわたしに向かって彼が言った。

「もうずっと前から、佳純さんのことが好きだったんです。佳純さんのこと抱きたくて、抱きたくて、どうしようもなかったんです」

「そ、そんな、わたしみたいなおばさん……貴文くんだったら、いくらでも同年代の若い女の子が言い寄ってくるでしょ」

わたしが言うと、彼はふっと鼻で笑うようにして、

「あんなガキどもには全然興味ないです。僕は佳純さんがいいんです。佳純さんじゃないと……燃えないんです！」

いきなりそう叫ぶと、荒々しくわたしの衣服を剝ぎ取っていきました。

「あ、だめ……上にはあの人が寝てるのよ！」

「大丈夫、さっき見てきたけど、叔父さん、すっごくよく眠ってたから。ちょっとやそっとの物音じゃ起きないですって」

まさかそこまで準備万端とは……わたしは完全にロックオンされた標的だったのだ。

貴文くんはわたしの上半身を裸に剝いてしまうと、自分もトレーナーを脱ぎ捨てて

細マッチョな肉体を露わにした。そのしなやかで染みひとつない美しい輝きを見せつけられて、わたしも不覚にも昂ぶってきてしまった。

それは確かに、わたしは子供を産んでいないこともあり、年齢のわりには体形も崩れておらず、胸やお尻だってそれなりに瑞々しさを保ってはいる。でも、こんな若い男の子の欲望の対象にされるなんて……そう思うと、カラダ中にゾクゾクと震えがきて、心拍数が一気に上がってきた。

「ああっ、佳純さん、佳純さんっ……！」

貴文くんはわたしに覆いかぶさると、狂ったように胸にむしゃぶりついてきた。乳房を揉みくちゃにまさぐりながら、ちぎれんばかりの勢いで乳首を吸い搾ってくる。痛い……でも、それ以上に……気持ちいい。こんなに激しく求められるなんて、いったいいつ以来のことだろう？

ああ、どうしようもなく自分の中の〝女〟が暴れだしてくるのがわかる……。

彼の手がわたしのスカートをたくし上げ、パンティとストッキングをこじ開けて内側に入り込んできた。恥ずかしいほどに淫靡にぬかるんだワレメに指が一本、二本……と挿し入れられ、静かな店内にチュプ、ヌチュと恥悦の音が響き渡る。

「ああ、ひあぁ……んんっ……」

ほとばしる喘ぎ声を押しとどめることができない。

「ほら、見て……僕のオチン○ン、佳純さんのことが欲しくて、もうこんなになっちゃってる……」

貴文くんの声に応じて、そっちのほうを見ると、本当に恐ろしいほどに巨大に勃起したペニスが目に飛び込んできた。す、すごい……！

「ああ、もう辛抱できない……佳純さん、入れるね！」

「あ、ああ、貴文くん……！」

たぎりにたぎった若い肉棒の挿入の衝撃は凄まじく、わたしは子宮に届かんばかりに突きまくられ、よだれをまき散らしながら悶え喘いでしまったのだ。

「あひ……ひぃっ、はぁっ、んひぃぃっ、んはぁぁぁっ！」

「あ、あう……くぅっ、佳純……さんっ！」

そして、わたしたちは二人して快楽の頂点を突き抜けてしまった。

わたしと貴文くんの関係はこのとき一度きりだが、今でも時折、欲望をたたえた彼の視線に気づくことがある。

二度目の関係も、そう遠くはないかもしれない。

■若林さんはアタシの乳房を激しく舐めしゃぶって、お餅のように揉みくちゃに……

絶倫シニア入院患者と深夜のイケナイ看護活動に耽って

投稿者　笹木あゆみ（仮名）／26歳／看護師

最近、夫とあまりうまくいってなくて……だって、彼ったら、「忙しい忙しい、疲れた疲れた」って言って、全然アタシのこと、かまってくれないんだもの。まだ結婚一年ちょっとだっていうのに、こんなんじゃあヤリたい盛りのアタシのカラダ、おかしくなっちゃうよー！

なーんて状態なもんだから、VIP御用達の特別個室に入院してる若林さん（六十三歳）の執拗なセクハラ攻撃にさらされ続けてるうちに、なんだかだんだん心もカラダもグラついてきちゃったんです。

若林さんは急性胃潰瘍で入院してきたんだけど、投薬だけでみるみる回復していき、もういつ退院してもいいくらいの状態だっていうのに、担当看護師のアタシに対して、「あゆみちゃんと、もう別れなきゃならないなんて耐えられない」

と言って、居座ったままなんです。

病院のほうとしても、普段はほとんど利用する患者のいない、高額な特別個室にはできるだけ長くいてもらったほうが儲かるもんだから、文句を言うはずもないし。

朝、検温に訪れたアタシに、若林さんは、

「ほらほら、あゆみちゃん、ちょっとこれ見てよ！　六十三歳でこれってすごいと思わない？」

と言い、パンツ越しの股間の朝立ちを見せつけてくるんです。

いや、たしかにその盛り上がりは、十代の若い子顔負けの力強さで（実際、これまで何人もの若い入院患者の朝立ちを見てきましたが）、思わず生唾モノの迫力だったんです。

「自慢じゃないけど……いや、はっきり言って自慢だけど、俺、この歳でも精力の絶倫さには自信があるんだ。ねぇ、あゆみちゃん、だまされたと思って一回試してみようよぉ」

ぐいぐいと腰を迫り出させて朝立ちを見せつけながら、臆面もなくアタシを誘ってくる若林さん。

「んもう！　冗談はやめてください！　師長に言いつけますよ！」

「うへっ、あのマツコみたいな師長だけは勘弁してくれぇ！」

みたいに、とりあえずその場はごまかすことができましたけど、それからすぐトイレに駆け込んだアタシは、まだ目に焼きついたままの朝立ちの迫力を思い出しながら、思わずオナニーしちゃったんです。

（ああ、あんなすごいのでやられたら……アタシ、もう……！）

そんなことを思いながらアソコをグチャグチャに掻き回して悶えて……ああ、アタシ、もう本当に限界かもしれない……。

そして、ついにその日がやってきちゃいました。

夜中の十二時、アタシが夜勤でナースセンターに詰めていると、ナースコールの呼び出し音が……そう、若林さんの個室からでした。

「んもう、なんだっていうのよ……」

と、ぶつくさ言いながら、とりいそぎ向かったアタシでしたが、内心、無性に予感するものがありました。

今日、アタシ、若林さんにヤラレちゃうかもしんない……。

いや、もっとぶっちゃけると、ヤラレたい、と思ってる自分がいたんです。

個室のドアをノックして開けると、若林さんが、

「ああ、よかった。あゆみちゃんが来てくれて。師長だったらどうしようかと思った

よ、ハハハ……」

と言いながら、ベッドから降りてアタシのほうに近づいてきました。アタシは苦笑しながら、

「はいはい、で、いったいなんでナースコール押したんで……」

と聞こうとしたんですが、いきなり若林さんにきつく抱きすくめられちゃって……朝立ちのみならず、その腕力も歳を感じさせない力強さで、私の夫が細身で非力気味ということもあって、なんだかその初体験の圧力に、カラダの奥のほうから昂ぶってくるものがありました。

「あ、だ、だめです……こんなこと、や、やめて、ください……」

アタシは一応体面上、そう言って抵抗したんだけど、若林さんのほうもすっかりそんなアタシの本心をお見通しのようで、

「うん、いやよいやよもスキのうちって言ってね、大丈夫、わかってるよ、あゆみちゃんの立場……そうだな、じゃあたっぷりお小遣いあげようね。そしたら、家計の助けにもなるし、あゆみちゃんの面目も立つんじゃない？　ん？」

と言いつつ、アタシの唇を押しつぶすように激しいキスの雨を降らせながら、ナース服の上から、ワシワシと胸を揉みまくってきました。その荒々しさが、またなんと

も言えず気持ちよくて……、

「はうっ、はぁ……あん、あ、あ、あ……そ、それなら……いいわ……」

と、思いっきり喘ぎながら、応えていました。

「よしよし、これで交渉成立だね」

若林さんはそう言うと、アタシをベッドに押し倒してきて、ナース服を剝ぎ取り始め、乳房をプルンと露出させられてしまいました。

「う～ん、なんて瑞々しくてきれいなオッパイなんだ！　血管が透き通るくらい白くて……でも、乳首はきれいな桜色で、くぅっ、た、たまらん！」

若林さんはケダモノのようになってアタシの乳房を舐めしゃぶって、彼の口と手指で、お餅のように揉みくちゃに弄ばれてしまいました。

「はぁ、はぁ、はぁ……さあ、今度はあゆみちゃんの大事なアソコを見せておくれ。おおっ、こんなにぱっくりと開いて、いやらしい糸を引いて……なんて美味しそうなんだぁ……」

そして股間の茂みを掻き分けられ、その奥の濡れたクレバスに鼻づらをねじ込まれて……チュルル、グチュ、ジュブブ、ヌチュゥ……と、さんざんねぶり吸われて！

「あふ、んはぁ……か、感じちゃうぅ、あ、あ、はぁ……」

「ああっ！　もう辛抱たまらん！　あゆみちゃん、俺のチ○ポ、ここに入れちゃうからね！　あ、ちなみに俺、子供五人もいて、もうパイプカットもしてるから、妊娠の心配はないから安心してっ！」

嬉しい情報、ありがとうございます……なんて思いながら、アタシは若林さんのチ○ポを、股間の中心で受け入れていました。

その挿入の勢いはやはり、ザクッ、ズクッという感じで恐ろしく力強くて、夫からは一度も感じさせてもらったことのない衝撃的快感で……！

「はひぃ！　す、すごぉ……こ、こんなの初めてぇっ！」

アタシはあっという間に頂点まで昇り詰めてしまい、それとほぼ同時に、若林さんもフィニッシュを迎えていました。

「はい、じゃあこれ、約束のお小遣い」

そう言って若林さんが渡してきたのは、なんと十万円！

これほどの内助の功なら、夫も認めてくれるんじゃない？　と、密かに今後の胸算用をするアタシなのでした。

■その指はさらに傍若無人になり、ついに下着をこじ開けて入り込み、ナマ肌に直接……

満員のエレベーター内で痴漢の指に翻弄されてしまった私

投稿者 間宮恵理子（仮名）／32歳／専業主婦

とある休日。

久しぶりに夫と二人で、お出かけしました。

実はその日は五回目の結婚記念日で、夫が前から私の欲しがってたアクセサリーを買ってくれるって。

ちゃんとしたお祝いの食事は夜にってということで、昼はファミレスで簡単に済ませてからデパートに向かい、めでたくお目当てのものを買ってもらいました。

私、もうすごく嬉しくて、包装はいらないって、今すぐつけますって言って、夫にそのネックレスを首にかけてもらいました。

十回目の記念日にはもっといいのを買ってあげるからね、と言う夫に、うふふ、期待してるわって私は応えて、とても幸せな時間でした。

それから、夫も服を見たいと言うので、八階の宝飾品フロアから男性ファッションのフロアがある三階に行こうと、エレベーターに乗り込みました。

と、さすがに天気のいい日曜日、お昼過ぎともなるとデパートもかなり込んできたみたいで、ドアが開いたエレベータ一はほぼ満員状態でした。一瞬、私と夫は見送ろうかと思ったのですが、後ろで待ってた人に押されるようにして、無理くり乗り込んでしまったんです。

まあまあ、二～三分のガマン、ガマン。

私と夫は苦笑しながら、目を見かわしました。

ところが、次の瞬間、思わぬ事態が起きました。

エレベーターが動きだしたかと思った次の瞬間、ガクンと大きく揺れて、止まってしまったんです！

え、なに、なに？　どうしちゃったの？　かんべんしてよ～！

エレベーター内の乗客のあちこちから不安と怒りに満ちた声が上がりましたが、そのあとすぐに、機械の不具合で復旧には十分ほどかかりそうとのアナウンスが流れ、まあ原因と見通しがわかっているんであれば、という感じで皆は徐々に落ち着いていきました。

なのに、皮肉にもそれと入れ替わるかのように、私のほうに落ち着かない事態が襲いかかってきたんです！

なんだか私のお尻をモゾモゾと撫で回す感触があるんです。

一瞬、夫のおイタかと思いましたが、すぐ横で腕組をしてジッとエレベーターの復旧を待っている夫は潔白でした。

じゃあ、いったい誰が……？

もちろん、私のすぐ背後にいる誰かなのですが、なんだか怖くて振り向いて確かめることもできません。そして、こんなにいっぱい人がいる中で痴漢されてるなんて知られるのも、やっぱりいやで……私は声をあげる勇気もなく、ただジッと、下を見て固まってしまったんです。

当然、背後の誰かはそれを承諾のしるしとでも受け取ったのでしょう。

おもむろに私を触る手の動きが大胆になっていったんです。

お尻を撫で回していた手がスカートの中に潜り込んできて、ストッキングとショーツ越しにお尻の割れ目に沿って行きつ戻りつして、それがだんだんと深く入り込んで……あ、とうとう肛門の辺りに……そのままグイッと押し込んできて、私は思わずビクンと身を震わせてしまいました。

ん、どうしたの？　と夫に聞かれましたが、もちろん、本当のことを言えるはずもなく、ううん、なんでも。と、言葉を返すだけ。

私の心の耳に、ますますほくそ笑む背後の誰かの笑い声が聞こえた気がしました。

その指はさらに傍若無人になり、ついに下着をこじ開けて入り込み、ナマ肌に直接触れてきました。そして、今度は直接、私の肛門をグリグリして……ップ、と指先が中に……痛いような、気持ちいいような、なんともいえない微妙な感触に翻弄されるうちに、なんだか前のほう……アソコも変な感じになってきちゃって。

あ、じゅわってなってきちゃってる……。

肛門をいじられる刺激に、性器のほうも反応して粘ついた汁を分泌し始めてしまったのでした。

ああん、こんな満員のエレベーターの中でアソコを濡らしてる私って……！

自分で自分のことが恥ずかしく情けなくなってしまい、でもそう思うことで、カラダのほうは逆にますます燃え上がってしまうようでした。

前のほうから肛門のほうに伝っていった汁を指先が感知して、それを潤滑油のように使って、忍び上がってきました。

あ、あ、あ……アソコをいじられちゃう……！

そう思った矢先、ヌプリと指が私の恥ずかしい前の穴に入り込んできました。

最初は様子を窺うかのように小刻みに動いていたのが、だんだん行動範囲が大きく、大胆になっていき……ついには、激しく掻き回すようにいじくってきました。

そのあまりに恥ずかしすぎる快感に、さすがの私も腰がガクガクと震えてきてしまいました。でも、その体のぐらつきを夫に悟られないように、必死でがんばって堪えて……。

ねえ、顔色悪い……っていうより、なんだか赤いけど、熱でもあるんじゃない？大丈夫か、おい？

夫が私の様子を心配して聞いてきましたが、人知れずアソコをグチョグチョに濡らしている私に、大丈夫と答えるより他にあるでしょうか？

う、うん……なんだか暑くなってきちゃったね。でも、大丈夫よ。

私は笑顔でそう答えました。

すると、ようやくあとわずかでエレベーターが復旧するとのアナウンスが。

あ〜あ、やっとかよ。まったく迷惑な話だよな〜。ほんと、ほんと。

あちこちで安堵の声があがる中、例の指のほうも、いよいよラストスパート的に動きだしたかのようでした。

より深く奥のほうに侵入してきた指は一本、いや、ひょっとしたら三本は入っていたかもしれません。見て確かめることはできないので、あくまで感覚のみですが、この内部での圧力は、それくらい強烈なものでした。

三本の指はヌプヌプと前後に抜き差しされ、クリトリスをこすり上げながら、私の性感を激しく揺さぶってきます。

ああ、あ、ああ……だめ、このままじゃ……イッちゃう、う、ああ……！

あとほんのわずかで絶頂という、まさにそのときでした。

エレベーターが復旧して動き出し、次のフロアで止まりドアが開いて、どっと乗客が外へ流れ出したのは。

おかげで背後の誰かも痴漢行為をやめざるを得ず、私の体を突き飛ばすようにして外へ出ていきました。後ろ姿を見ただけですが、小柄な中年男性のようでした。

私は安堵の思いを抱きながらも、途中で終わってしまったなんともいえないモヤモヤ感は否定できず……その日の夜、夫とのセックスにいつも以上に燃えてしまったのは言うまでもありません。

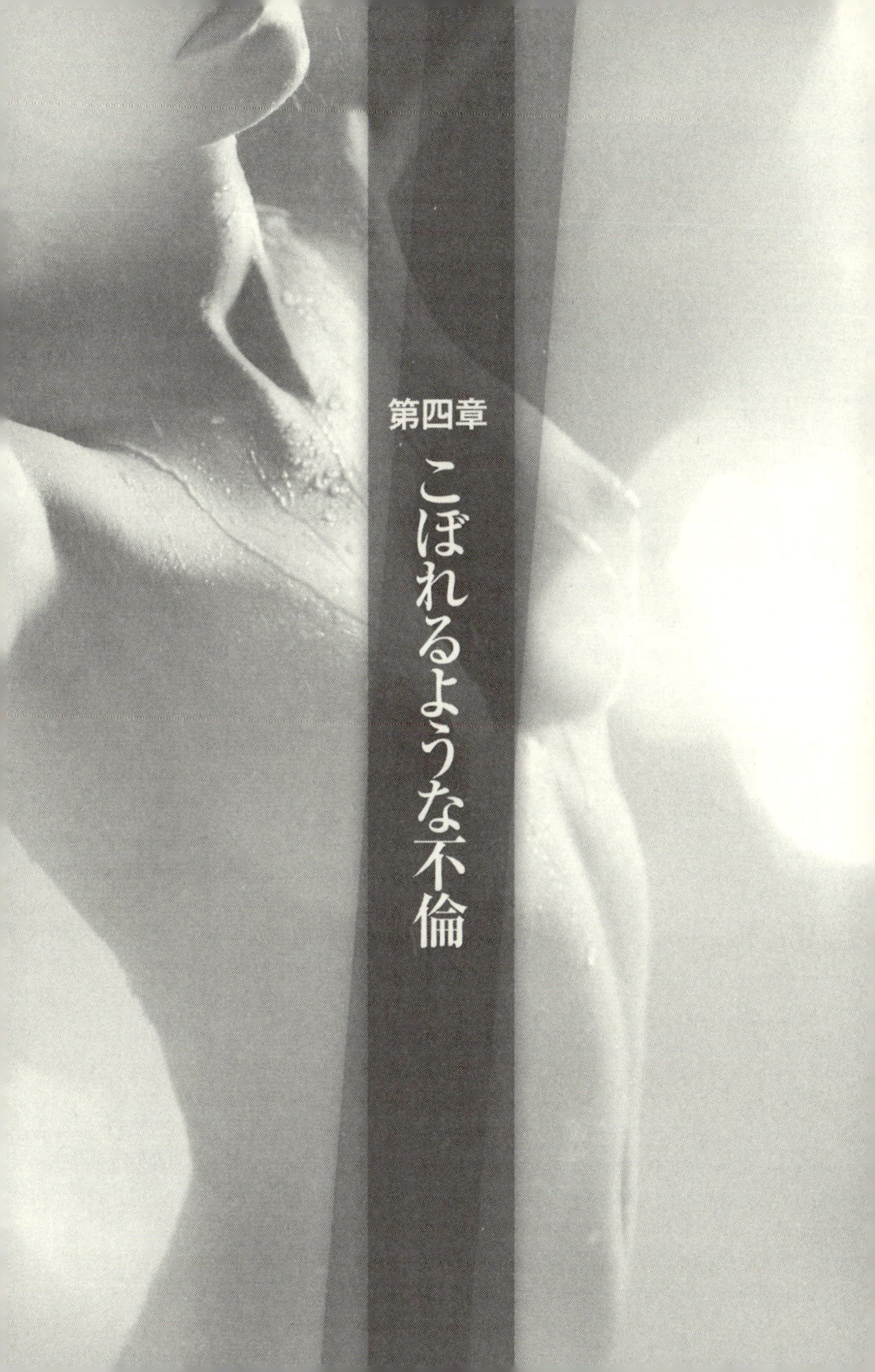

第四章

こぼれるような不倫

■ズブリ……と、待ちかねた熱い肉棒のたぎりが体の中に押し入ってきて……

パート先のお客様を愛し抱かれてしまった私は不貞妻

投稿者 村川はるか（仮名）／36歳／パート

ファミレスでパートをしている三十六歳の主婦です。サラリーマンの夫と小学四年生の息子との三人暮らしで、生活は決して余裕のあるものではありませんが、それでも、家族仲よくまあまあ幸せな日々を過ごせていると思っていました。

そう、あの人に出会うまでは。

その人はお店のお客さんでした。年の頃は私と似たような感じで、いつもカジュアルな服装をして、決まった席でパソコンを打っていました。私のシフトはだいたいお昼の十一時から三時までなので、その時間帯に来るということは、サラリーマンではなく、何かの自由業のようでした。

真面目なサラリーマンの夫とは違う、どこかしら崩れた雰囲気のある男性で、いかがわしさを感じさせる反面、なんとなく気になってしまう私でした。

そして、ほぼ毎日顔を合わせるうちに、常連さんと馴染みの店員として気軽に言葉を交わすようになり、いつしか彼の気さくな軽口と魅力的な微笑みに惹かれるようになり……私は日々、彼と会うことを楽しみにするようになっていました。

彼のほうもどうやら同じ気持ちだったらしく、私を見る視線に特別な光が宿っているような気が……なんていうか、艶っぽく濡れているようなとでもいうのでしょうか、そうやって見つめられるたびに、私はドキドキしてしまうのです。

そしてそのうち、彼は必ず私がレジにいる時にお会計に来るようになり、支払いのお金の受け渡しの際、さりげなく指と指を触れ合わせるようになったのです。そのたびに私は、ビリビリと電気が走ったような感覚を覚え、同時にカラダの内側が熱く疼くような昂ぶりを感じるようになってしまいました。

（ああ、私、完全にこの人のことが好きだ……）

こうなってはもう、そう強く自覚するしかありませんでした。夫にも、家庭生活にもなんの不満があるわけでもないのに、そういうこととはまったく関係のない、それは純粋な〝恋〟なのだとしかいいようがなかったのです。

でも、あくまで私の心の中だけ、せいぜいこうやって軽く指が触れ合うドキドキを愉しむ程度に収めておけば、夫や子供を裏切ることにはならないはずと、私は自分を納得させていました。

ところが、どうしようもなく惹かれ合う私と彼の間の濃密な波長は、そんな二人を放っておいてはくれませんでした。

ある日、贈答品を手配する予定があった私は、いつもより二時間早い午後一時過ぎに仕事を上がり、私服に着替えて店の従業員用出入り口から外に出ました。

そして、誰かの気配に気づき、ふと目を上げると、なんとそこには彼が立っていたのです。いつも同様の引き込まれそうな笑みを浮かべて……。

「ああ、もう帰っちゃうんですか？　しまったなぁ、ちょっと仕事でトラブルがあって、今日はここに来るのが遅れちゃったんだけど……ま、仕方ないですよね。お疲れさまでした、気をつけて」

本当に残念そうに言う彼。

思わず心臓がズキンと疼きました。

気がつくと、私は振り返って立ち去ろうとする彼のジャケットの袖を摑んで、こう言っていました。

「あの、少しお時間ありますか？　よかったらちょっとお茶でも……」

なんと私は、自分の予定のことなど吹っ飛ばし、彼を逆ナンしていたのです。

お店の外でプライベートで顔を合わすのは、これが初めてで、私はなんだか舞い上がってしまったのです。

　彼は一瞬、私の顔を凝視したあと言いました。

「いや、実はそんなに時間がないんです。すみません」

　彼の答えにガッカリしてしまった私でしたが、彼は続けて、

「お茶を飲む時間は、ということですけど」

　と、意外なことを言い、しっかりと私と腕を組むと速足で歩きだしたのです。

「え、え、あの……一体どこへ？」

「君も行きたいと思っているところですよ」

「私も……行きたい？」

　彼はニヤリと笑うと、そのままさらに足を速め……行き着いたところは、駅裏にあるラブホテルでした。

　さすがに一瞬、躊躇してしまった私でしたが、

「……いや？」

　そう聞いてきた彼に、

「ううん」

　と首を横に振って、一緒にホテルのエントランスに足を踏み入れていたのでした。

でも、そうは言ったものの、部屋へと向かう間中ずっと、私はまだ葛藤していました。本当にいいの？　この一線を越えてしまったら今度こそ夫を、子供を裏切ることになるのよ？　ただの浮気妻に成り下がるのよ、自分？

そんな思いがグルグルと胸中に渦巻いた末、私が出した答え。それは、これは浮気じゃなく本気、自分の気持ちに嘘はつけない、ということでした。

私は全身を彼に預けるようにして、しっかりと腕を組み直したのです。

部屋に入って、彼が先にシャワーを浴び、そのあと私が。

濡れた体を拭き、バスタオルを巻いて浴室から出てきた私は、ベッドの上で待ち受ける彼のもとへと向かい、はらりとバスタオルを足元に落とすと、全裸で彼の腕の中へと飛び込みました。

彼は私を受け止めると、しばらくじっと瞳を覗き込んだあと、熱い口づけをしてきました。それは本当に私の顔を食べてしまうんじゃないかというくらい激しいむさぼり方で、ジュルジュルと私の口中の唾液を吸い上げながら、舌と舌を絡み合わせてきて、そのあまりの熱烈さに、私は気が遠くなってしまうような心持ちでした。

「うぷ……ん、ぷはぁっ……」

「んぐぅ、んはあぁぁ……」

ようやく二人の唇が離れると、彼が言いました。

「ああ、ずっと君とこうしたかった。ようやく想いが叶ったよ」

「ああ、私も……私もずっとあなたにこうして抱かれたかった……」

再び熱い口づけを交わしたあと、彼が私の乳房を揉みしだきながら、今度は乳首をチュウチュウと吸ってきました。

「あひ、ああ、んあぁぁ……」

いつも夫にも同じことをされているはずなのに、その蕩けるような気持ちよさときたら、なんだか格別なものがありました。

「ああ、君のおっぱい、柔らかくて、とっても甘い……本当に素敵だよ」

「ああん、私にも、あなたの触らせてぇ」

私はそう言うと彼の股間に手を伸ばし、その熱い昂ぶりをさすり、しごきました。

すると、またたく間にムクムクと大きくなっていって、私の手の中で今にも弾け飛ばんばかりにビンビンにフル勃起しました。

「ああ、とっても大きい……」

「じゃあ、君のアソコはどうかな?」

彼もそう言って私の性器をまさぐり、指をツプ、と沈め入れてきました。

「うわ、君のももうドロドロに蕩けきってるじゃないか。このいやらしいお汁、僕が飲んであげないと、こぼれて大変なことになっちゃうよ」

「ああん、そんなぁ……じゃあ、私にもあなたのしゃぶらせてぇ！」

私たちは逆さまになってお互いの性器にとりつくと、無我夢中でオーラルプレイにのめり込みました。

私は彼の玉袋から亀頭の先端までを何度も何度も舐め上げ、喉奥まで肉棒を咥え込むとジュルジュル、ジュパジュパと吸いたて、しゃぶりぬき、味わい尽くしました。

彼のほうも、指で私の肉花を押し開くようにパックリと割ると、舌をヌメヌメと蠢かせて、ぬれそぼった肉壺を掻き回し、吸い上げて、これでもかと快感を送り込んできました。

「んあっ……はうっ、ううん……いい、いいのぉ……」

「はぁ、はぁ……ぼ、僕も……た、たまらない……」

いよいよ、二人とも限界まで高まっていました。

「はぁ……入れても、いいかな？」

「ああ、もちろん、入れて……奥の奥まで思いっきり突き入れてぇ！」

私は今や一匹の淫乱メス犬になり果て、腰をガクガクさせながら、彼のペニスの挿入をおねだりしていました。

そして、ズブリ……と、待ちかねた熱い肉棒のたぎりが体の中に押し入ってくるのがわかりました。それは、ズンズンと激しく大きく私を突き貫いて、言いようのない甘美なエクスタシーの大波を巻き起こしました。

「ああっ、ああ、んあっ……いいっ、か、感じるぅ～～～っ！」

「ふぅ……君の中も最高にいいよ！　まるで生きてるみたいに肉襞が絡みついてきて……うくっ、ううう……」

彼のペニスが私の胎内で一段と大きく膨張し、フィニッシュの近いことがわかりました。私もそれに備え、両脚を彼の腰にきつく巻きつけると、アソコを思いっきり締め上げました。

「あくぅ……ああ、もう……いく……だ、出すよ！　んくぅ……！」

「はあっ、私も、私ももう……っ！」

次の瞬間、私たち二人はほぼ同時にクライマックスに達していました。

それはもう最高に気持ちよく、幸せな時間でした。

■濡れて熟しまくった二人のアソコが怪しげな軟体動物のように蠢き絡み合い……

夫に裏切られた妻同士、際限のないレズ快感に溺れて!

投稿者 荒木里佳子（仮名）／29歳／専業主婦

私にはご近所で、麻衣さんという仲のいい主婦友がいるんですが、つい最近、そんな私たちをほぼ同時にとんでもない出来事が襲ったんです。

それは……お互いの夫の浮気が発覚したということ。

私は夫の携帯を覗き見てしまい、麻衣さんはこともあろうに街で知らない女と腕を組んで歩いているダンナさんを目撃してしまったんです。

私たちはどちらからともなく、そのことを告白し合い、ちょうどうちの夫が出張中で留守のある夜、私の家で浮気された妻同士、やけ酒を飲みながら思う存分、愚痴り合おうということになりました。

「あんのクソ夫、死んじまえ〜っ！」

「そうだ、そうだ、くたばっちまえ〜っ！」

などと言い合いながら、私たちは二人でワインをがぶ飲みし、もう相当ベロベロに酔っぱらっていたのですが、そのうちいい加減飲み疲れて、ふっと小休止のような静寂の時間帯が訪れました。

　すると、麻衣さんがおもむろにこんなことを言いだしたんです。

「ねえ、私たちだけ浮気されっぱなしだなんて、ちょっと不公平すぎない？」

　私はそれに応えて、

「え？　……うん、まあそりゃそう思うけど……かと言って、こっちも他の男と浮気しちゃえ、だなんてわけにはいかないじゃない？」

「そうなのよねぇ……私たちって、妙に貞操観念が強いのよね～……ほんと、損な性分よね。でもさ、こういうのならどう？」

　麻衣さんはなんだかとてもいたずらっ子のような笑みを浮かべながら、私に抱き着いてキスしてきたんです。でも、それはとてもぎこちないもので、カチカチと私たちの歯がぶつかり合う音がしました。

「え、ちょっと、麻衣さんたら何してんの？　あなたってそういう趣味があったの？」

「やだ、そんなのあるわけないじゃない！　私だってこんなことするの生まれて初めてよ。でもさ、私たちの性分的に、ダンナたちに浮気された復讐によその男と浮気するなんてことはできないけど、被害者同士で慰め合うっていうのはありだと思わない？　さっき否定したばっかりで申し訳ないけど、実は前から少し女同士っていうのに、興味がなかったわけじゃないし。ね、里佳子さんはどう？　イヤなら無理強いはしないけど……」

そう言われると、なんだか心が揺らいでくる自分がいました。

そうよね、このまま泣き寝入りじゃあ、いくらなんでも悔しいよね。もちろん、今まで女同士なんて考えたこともないけど、麻衣さん、美人でスタイルもいいし……抱き合ったらきっと、いい感触なんだろうな……。

とか考えていると、だんだん気分が昂ぶってきました。

「その顔は……まんざらでもないって感じかな？」

麻衣さんに改めてそう問われた私は、コクンとうなずいていました。

そして私たちは、相変わらずぎこちない感じながらも抱き合い、再び唇を合わせました。お互いにチロチロと舌を出して唇を舐め合いながら、その舌を絡ませ合い、最初は恐る恐る、でも次第に激しく吸い合い、唾液を啜り合っていました。

「はぁ、はふ……あっ、麻衣さぁん……」

「んぶぅ、んはっ……里佳子さんっ……」

いつしかお互いの服に手をかけ、脱がし合っていました。

私が外してあげたブラの下からまろび出た麻衣さんのオッパイは、とても柔らかくてフワフワしていて、私は思わずムニュムニュと揉みしだきながら、その先端のいやらしいまでに大きな乳輪に彩られた乳首に吸いつき、チュウチュウと吸いたてていました。麻衣さんのほうも、パンティを剝がされて剝き出しになった私の股間に指を突っ込んで、ヌチュヌチュと掻き回してきます。

「んはっ、んんっ、んあああぁっ……」

「あはぁ……いい、里佳子さん、とっても気持ちいい……」

さっきまであったぎこちなさはどこへやら、私たちは今や快楽を求め合う本能剝き出しで、一心不乱にお互いの肉体をむさぼり合っていました。

「ああ、もうたまんなぁい……私、麻衣さんのアソコが舐めたぁい！」

「私も私も！　里佳子さんのエッチなお汁、いっぱい飲ませてぇ！」

そして私たちは女同士でシックスナインの体勢になって、お互いの性器に食らいつくと、ジュルジュル、チュパチュパ、グプグプとあられもなく激しく淫靡な音をたてながら、双方の熟しまくった肉襞を愛撫し合ったのです。

「ああ、いいっ、はぁっ、感じるぅ……！」

「はぁ、はぁ、はぁ……んあああぁっ……！　もっと、もっと里佳子さんと一つになりたぁい……」

麻衣さんはそう言うと、ガバッと身を起こして、お互いの脚を交差させるようにして、アソコ同士を密着させてきました。あとから聞いたところによると、これは『貝あわせ』といって、レズビアンSEXにおける大定番のプレイなのだそうです。

グチュ、ニュチュ、ジュブゥ、ヌズプゥ……濡れて熟しまくった二人のアソコが怪しげな軟体動物のように蠢き絡み合い、この世のものとは思えない淫らな蜜音を響かせながら、双方にとんでもない快感をもたらしてきます。

「ひぃぃ、ふはぁぁぁっ……す、すごい、すごすぎるぅ……！」

「あ、あ、ああん……き、気持ちよすぎて、おかしくなっちゃいそう……」

男にペニスを挿入されて得られる直線的な快感とはまったく異質の、蕩けただれ落ちていくような重層的なエクスタシーの波に翻弄され、私と麻衣さんは無我夢中で股間をグチャグチャとこすりつけ合い、乱れまくりました。

「あ、イキそう、イク……あ、ああ、イクの～～～っ……」

「はぁう、あ、あたしもイ……ク……ッ！」

二人ほぼ同時に最初のオーガズムに達しましたが、それはこれからまだまだ続く、際限のないレズビアン・エクスタシーのほんの始まりにすぎませんでした。

それから私たちは、野菜を使った（！）挿入プレイや、電動マッサージ機を用いたバイブプレイなど、次から次へと飽くことなく女同士の悦楽タイムに没入し、気がつくと、実に三時間近くが経過していました。

一体その間、二人で何度イッってしまったことでしょう。

結局、私たちはこの快感体験が忘れられなくなり、いつしか夫の浮気がどうとかまったくどうでもよくなって、二人でレズビアンＳＥＸを愉しむ関係になってしまったのでした。

ま、そもそもこんなことになった初めの原因は、お互いの夫たちのほうにあるわけですから、もちろん罪の意識などあるわけもありませんけどね。

■巨大な肉棒が肉割れを貫き、ズイズイと子宮の奥をもぶち破らんばかりの迫力で……

夫との欲求不満を巨根セフレとのSEXで晴らすあたし

投稿者 八重樫みどり（仮名）／26歳／OL

あたし、勤めてる会社の中にセフレがいるんだけど、そうね、今のダンナと結婚する前からのつきあいだから、もう彼とはかれこれ三年の関係になるかな。

名前を紀明っていって、最初はセフレとかじゃなくて、ゆくゆくは結婚なんかも視野に入れた、けっこう真剣なつきあいだったのね。

ところが、実は彼ときたらひどい浮気性だっていうことが後々判明して、で、結局こんなのに人生預けられるわけないっていうことになって、恋人関係は解消しちゃったわけ。

え、なのになんで今でもつきあいが続いてるのかって？

それはね、紀明がすごい巨根の持ち主だから！

恋人同士時代、彼とのセックスを重ねてるうちは、そのことをそんなに意識はしてなかったんだけど……もちろん、あたしの決して多くない男性遍歴の中では、ああ、このひと、一番大きいなあって思ってたわよ。要はいつの間にかその巨根でエッチされることがスタンダードになっちゃってたわけね。言い方を代えれば、それにすっかりカラダを馴らされちゃってたんだなあ、これが。

だから、本当に彼を恋しいと思い始めたのは、彼と別れて、今のダンナを始め他の男とつきあいだしてからっていうことになるわね。

あれ、ナニこれ、全然感じない！

ちょっと、これって本当に入ってるの？

あ〜あ、これじゃあ自分の指でオナニーしてるのと違わないよ〜！

……みたいなことの連続で、マジ、自分がどれほど紀明の巨根でしか感じられないカラダに調教（？）されちゃってたかってことを痛感した次第。

そして、日々溜まってく欲求不満で悶々とした本能の悲鳴には逆らえず、恥を忍んで彼にセフレ申請を出しちゃったってわけ。

「ふ〜ん、あれだけアンタみたいな浮気男、もうつきあってられないわってこっぴどく俺のこと振っといて、あ、そう、改めてつきあってほしいと、そうおっしゃる？う〜〜ん、どうしよっかな〜……」

最初、そんな意地悪な感じでもったいぶった彼だったけど、彼のほうとしても、まあ自分で言うのもなんだけど、ナイスバディの誉れ高いあたしとのエッチには未練があったらしく、結局ＯＫしてくれたわ。

ついこ先週も、こんな感じで紀明とのセックスを愉しんだわ。

金曜の夜、珍しくダンナのほうから誘ってきて、一ヶ月ぶりに夫婦でエッチしたんだけど、なんだかもう全然気持ちよくなくて……向こうはちゃんと射精して満足したみたいだったけど、あたしのほうは逆で、いわゆる〝寝た子を起こす〟っていうやつ？　余計に欲求不満を強く感じちゃって、悶々としてたまらなくなって……思わず紀明の携帯に電話しちゃった。

で、翌日の土曜日、ダンナが接待ゴルフで終日留守なのをいいことに、あたし、紀明を呼んで自分ちのマンションに引きずり込んじゃった。

「よおっ、こんにちは！　アソコが濡れ濡れで困ってるんだって？」

そんな憎まれ口を聞きながら玄関ドアから入ってきた彼だったけど、うん、まあホントのことだからしょうがないか！

「あん、もう……意地悪ぅ！　誰が一体こんなカラダにしたのよお！」

あたしは彼を迎え入れると、その腕を引っ張って寝室に直行したわ。

「うわ、みどりと卓也（ダンナのことです）がいつもエッチしてるベッドでやるだなんて、背徳感満点でめちゃくちゃ興奮するんですけどー！」

彼が背後からあたしを抱きしめるようにして、ズンズンと前に押し歩き、後ろからめちゃくちゃ胸を揉んできた。しかも、彼の股間のこわばりがしっかりとお尻に感じられて、もういきなりゾクゾクしちゃう！

「ああ、やっぱりみどり、相変わらずたまんねぇカラダしてるな～……オッパイ、Fカップだっけ？」

「……ううん、Gカップ……あ、そんなに激しくしたら……いた、い……」

「ウソつけ！　このくらい痛く責めてやらないと感じないカラダだってこと、とっくの昔にお見通しだよ！　ほら、こういうのが好きなんだろ？」

彼はあたしの上半身を裸にすると、ますます強烈な揉みしだきで、左右の乳房をムギュムギュと責め苛んできて……うん、そう、そのくらいじゃないと、あたしってば感じない淫乱メス犬なの～！

「ほら、こっちはどうなんだよ？」

彼はそう言って、グイッとあたしのパンティの中に手を突っ込むと、当然もう汁だくになってるオマ○コを指でグチャグチャと掻き回してきた。

「あはっ、ひあ……ああん……んくぅ！」

「うっわ、わかっちゃいたけど、さすがの大洪水！　ほんと、おまえのエロさ加減にはほとほと愛想が尽きたよ……なんて、もちろん大ウソ！　こんなみどりのことが、俺は大好きなんだ〜〜〜っ！」

彼はバカみたいにそう叫ぶと、力任せにあたしの体をベッドの上に放り投げ、あたしはボフン！　と布団の上に落下した。

「ちょ、ちょっと、もう、乱暴なんだから〜〜〜っ！」

「だから、そういうのが好きなんだろ？」

彼は嬉しそうにそう言いながら、てきぱきと自分で服を脱いでいき、あたしもそれを見て慌ててまだ少し身に着けていた残りの服を脱ぎ去ったわ。

さあ、いよいよ久しぶりに彼のあの巨根が拝める！

あたしは生唾を呑んでその瞬間を待ち受け、彼が脱ぎ捨てたブリーフの下からソレが飛び出したときには、もう興奮の感動でおかしくなっちゃいそうだった。

すでに勃起したそれは、長さは二十センチ近く、太さも直径五センチに迫る、改めて見ても惚れ惚れするような立派な存在感！

あたしはベッドの上に上がってきた彼の下半身に思わずすがりつくと、無我夢中で愛しい巨根チ○ポを咥え込み、無我夢中でフェラチオしちゃった。彼のほうもズンズンと腰を突き出すようにしてくるものだから、ぶっとい塊に喉奥を突かれたあたしは苦しくてえづいちゃったけど、同時にこれ以上ないほど昂ぶっちゃってたわ。

「はぁ、はぁ……ああ、紀明ぃ……早くこのデカチ〇ポ、あたしのオマ〇コの中にちょうだ～い！」

あたしはもう待ちきれなくて、おねだり絶叫してた。

すると彼、また何か憎まれ口でも聞くのかと思いきや、無言でニヤリと笑い、あたしの唾液と自分の先走り液が混じったイヤラシイ汁をブゥンとまき散らしながら、巨根チ〇ポを大きく振りかざして、左右に開いたあたしの両脚の真ん中に位置取りすると、間髪入れずに腰を打ち当ててきた。

「！　……っ、っああっ、んんっくぅ……あひっ……」

いよいよ、あの待ち焦がれた巨大な肉棒があたしの肉割れを貫き、ズイズイと子宮をもぶち破らんばかりの迫力で膣奥を揺さぶってきた。もう、その筆舌に尽くしがたい気持ちいい衝撃ときたら……！

「あうぅ……んあっ、はぁう……すごい、紀明のチ〇ポ、いい……最高にいいの～～……もっと、もっと、あたしをめちゃくちゃにして～～～っ！」

「ああ、みどり、みどり……おまえのマ〇コもチョーいい具合だぜ……ううっ、ミチミチ締め上げてくるぅ……！」

彼の腰の押し引きが、がぜん速く、勢いを増してきた。

あたしの快感ゲージも、もうＭＡＸ近くまで針が振れて……いや、思いっきり振り切っちゃった！

「あ、イク、イク……ひっ、あ、あ、ああああ〜〜〜〜っ！」

「ううっく、み、みどりぃ〜〜〜っ！」

二人同時にケモノのような咆哮をあげながら、あたしたちは物の見事にフィニッシュを迎えちゃってた。

ああ、やっぱりエッチは紀明の巨根に限るわ……。

絶頂の余韻の中、しみじみとそう思ったあたしだったのでした。

■彼の舌で掻き回された私のアソコは、あとからあとから際限なくマン汁を溢れ出させ……

ハローワークで知り合った彼との最後の逢瀬に燃えて

投稿者　君島ゆかこ（仮名）／36歳／専業主婦（失業中）

先月まで、毎月一回、ハローワークに通っていました。

失業給付金を受給するために、失業の認定を受けなければいけないからです。

私は毎回木曜日に出向くことが決められていたのですが、時間帯も決められていることもあって、何人か顔なじみができました。

その中の一人に笹川さんという四十歳の男性がいて、顔を合わすたびに二言、三言言葉を交わすような感じだったのですが、いよいよ、最後の失業認定日。今回の認定でついに失業給付金が全額支払われ終わるというその日、笹川さんが私に思わぬ言葉をかけてきたのです。

「君島さん、いよいよ今日で僕らが顔を合わす最後の日ですね。なんか……このままお別れだなんて寂しいな。少しお茶でも飲みませんか？」

ちょっとびっくりしましたが、今日は小学生の娘も塾があって帰りも五時頃で、今はまだお昼前で余裕もあるということで、誘いを受けることにしました。でもまあ、実は私のほうも彼のことを憎からず思っていたというのが、一番の理由なのですけどね。私も正直、最後にもうちょっと彼とお近づきになりたいという……。

それからハローワークを出た先にあったカフェに二人で入り、一時間ほど色々と話をしました。

笹川さんが某大手都市銀行をリストラにあったこと、中学生の息子さんがいること、近々知り合いの紹介で、それなりの金融系会社に就職できそうなことなど……。

「それはよかったですね。私なんて、なかなか次が決まらなくて。主人の会社も景気悪くてボーナスも出ないし、パートでもなんでも早く決めて家計を助けたいんですけどね……」

私がそう言うと、

「それは大変ですね。あの、今現在失業保険をもらってる僕が言うのもなんですけど……少し、ご援助しましょうか？」

「は？　ご援助……って？」

彼の思わぬ言葉にわけがわからず、私は思わず聞き返してしまいました。

すると彼は、私の目をまっすぐに見つめながら、こう言ったのです。

「いわゆる援助交際ってやつですよ。もっとわかりやすく言いましょう。僕、君島さんのことがずっと好きで……あなたを抱きたいんです。でも、あなたがお金に困っているというのなら、タダでとは言いません。お礼をそれなりにお支払いさせていただければと……こんな申し出、失礼ですか？」

そのときの私の気持ちを正直に言うと……超ラッキー！　でした。

私のほうこそ、ずっといいなって思ってて、誘われれば普通にエッチしたかった笹川さんから、こんなまさかの申し出！　本当はお金なんかもらわなくてもいいんだけど、そこはそれ、家計を預かる主婦として断る理由はありませんよね？

「失礼だなんて……すごく、嬉しいです」

私はそう答え、交渉成立。平日のまだ午後一時という真っ昼間に、私たちはいそいそとホテルへ向かったのでした。

「君島さん……いや、ゆかこさんって呼んでもいいですか？」

「はい。じゃあ私も……あ、笹川さん、下の名前は？」

「信一郎です」

「信一郎さん……いい名前ですね」

「ええ、ゆかこさんも」

裸になった私たちはそんなことを言い合いながら、どちらからともなく抱き合い、キスをしました。

笹川さんは、もうかなりたるんでいるうちの主人とは違って、とても引き締まった筋肉質の体をしていました。いつものブヨッとした感触とは違う力強い抱かれ心地がなんだかやたら刺激的で、私は彼と唇を合わせながら、カラダの奥のほうが熱くジンジンと疼いてくるのを抑えることができませんでした。

「あ……はぁ……んんっ……」

「さあ、もっと舌を出して……んっ、んじゅっ、ぬぅぷ……」

笹川さんの指示で私は精いっぱい舌を伸ばして、彼の舌に妖しく絡め取られつつ、ジュルジュルと唾液を吸われました。アタマの中がどんどん真っ白に、ボーッとなっていきます。

「ああ、ゆかこさんのオッパイ、乳首がこんなに立っちゃってるよ？　美味しそうだ……たくさん舐めちゃうからね」

彼はそう言うと、私の胸をやわやわと揉みしだきながら、チュウチュウ、チュパチュパと乳首を吸い、舐め、コリコリと甘噛みしてきて、その快感に私はもうトロトロに蕩けていってしまいました。

ふと気づくと、笹川さんのペニスももうビンビンに勃起して、私のおへその辺りに熱く押し当てられています。

「ああ、信一郎さんのココもこんなに……ねえ、舐めてもいい？」

「もちろん。じゃあ、二人で舐め合いっこしましょう」

私たちはベッドに横たわると、彼が下に、私が上になって身を重ね、シックスナインを始めました。

彼のペニスは主人のとそれほど大きさは変わりませんでしたが、圧倒的に勃起度が高く、私が舐めしゃぶるたびにビクン、ビクンと大きく身を震わせ、グングンとそそり立っていきました。

彼の舌で掻き回された私のアソコは、あとからあとから際限なくマン汁を溢れ出させ、そのあまりの気持ちよさに、獲物を欲しがるイソギンチャクのようにヒクヒクと肉襞を蠢かせてしまいます。

「あふぅ……信一郎さん、私、もうたまんないです……信一郎さんが欲しくて」

「ああ、ゆかこさん、僕ももう……さあ、入れるよ？」

「はい……んっ、んん……んぐぅっ……！」

彼のペニスの侵入とともに、私の濡れた肉穴はメリメリと押し開かれ、ピストンが繰り返されるたびに、ストロボが点滅するかのようにエクスタシーの閃光がひらめき、私は身をのけ反らせて悶えてしまいました。

「あっ、あっ、あっ……いいっ、いいの、いいわぁっ！」

「はぁはぁはぁ……ああ、ゆかこさん、ゆかこさん……ううっ！」

彼の息遣いもどんどん荒く激しくなっていき、私も無意識に両脚をガッシリとカレの腰に巻きつけて、快感の伝導を少しでも逃すまいと、もう必死でした。

そして、いよいよお互いにクライマックスが迫ってきて……、

「あふ、イク……イクの……あああああっ！」

「ああ、僕も……んっ、んんんっ……！」

彼の熱いほとばしりを身内に感じながら、私は思いっきりイキまくっていました。

この日を最後に笹川さんとは会っていませんが、新しい職場できっとバリバリがんばっているんじゃないかと思います。

さあ、私も早く次の仕事、見つけなくちゃ。

■私は仕上げにかかるべく、亀頭を咥え込むと、片手は玉袋を、もう片手はアナルを……■

狭い試着ブースの中でお客のアレを咥える私の営業活動

投稿者　山内エリカ（仮名）／27歳／販売員

駅前のショッピングビルに入ってる、中高年向けのカジュアルウェアのショップに勤めてます。

で、このショッピングビル、何せこの辺りじゃ商業施設としてはピカイチなもんだから、テナントとして入りたいショップが順番待ちの目白押し！　そんなわけだから当然、テナントの地位を死守するためには、毎月の決められた売り上げノルマをクリアしなければなりません。

売り上げの悪い店は即撤退、次の店に場を明け渡さねばなりません。

そして、それは私たち店員にも同じことがいえて、営業成績の悪い店員は即減給！二十万そこそこの手取りなのに、一ヶ月で三万も給料が下がった人もいるんですよ！とんだブラック企業だけど、まあ、成績が良ければその逆に一～二万上がったりもするので、腕に自信のある人（？）にとっては、働き甲斐のあるところかもしれませんね……私みたいに。

私が営業成績を上げるための得意ワザ、それはずばり〝枕営業〟！

といっても、完全に相手と寝てセックスするところまでは夫を裏切ることができず、もっぱら店舗内でのおしゃぶりサービスを中心にがんばってます。

私、昔の彼に「フェラチオがへたくそ！」って言われて、一念発起して、鏡を見ながら、バナナやバイブなんかを使って猛特訓した甲斐あって、かなりおしゃぶりテクには自信があって、夫からも「おまえまさか、昔風俗とかで働いてないよな？」って疑われるくらいのお墨付き（？）をもらってる次第です、はい。

つい昨日も、私をひいきにしてくれる超常連客のSさんがやってきました。

Sさんは不動産会社の社長さんで四十一歳、お腹まわりがあってちょっとメタボ気味だけど、テレビの路線バスの旅とかでおなじみの太川○介さんみたいな明るい二枚目（死語？）で、私も大好きな相手です。

「エリカちゃん、今日も来たよー。何かオススメの新作入荷品とかある？」

「いらっしゃいませ！　ちょうどよかった、いいのが入ったんですよ〜。Sさんにすごく似合うと思うな〜！」

「そう？　何々？」

「○○○のパンツとか、×××のジャケットとか、もうたくさん！」

「ふ〜ん、エリカちゃんがそこまで言うんなら、試着してみなきゃな」

「ええ、どうぞ、どうぞ！　お手伝いしますから！」

私はそう言うと、もう一人の店員のマキちゃんに目くばせして、Sさんを試着ブースへと案内しました。もちろん、マキちゃんはすべて知っていて……っていうか、彼女は彼女で、自分なりの〝お得意さん〟を持ち、成績につなげています。

（がんばって！）

小声でエールを送ってくれて、私はそれに笑顔で応えて、商品を携えてSさんと二人で試着ブースへと入りました。

あいにく、うちの試着ブース、最近のユニ○ロにあるみたいな広い試着ブースじゃなくて、昔ながらの、人が二人も入ったらもう限りなくギュウギュウみたいに狭いんですけど、逆にそのほうがいいっていうお客さんのほうが多いですね。あの密着感がいいのかしら。

狭苦しい四角い空間の中で、私とSさんは向き合って立ちました。

私はSさんのシャツのボタンを外していき、Sさんのほうも私の服の前を開け、カットソーをめくり上げると、ブラを外して胸を露出させました。

私はSさんより頭一つ背が低いくらいなので、背伸びしたり屈んだりすることもなく、ラクラクSさんの乳首を舐めてあげることができます。

「んふっ、ふぅ、ふはっ……」

Sさんの両の乳首を交互に舐め、吸い、時には甘噛みして責め立ててあげると、

「う……ふ、んんんっ……んくっ……」

と、せつなそうな喘ぎ声を漏らしながらも、Sさんのほうも私の胸をいじくってきます。けっこう豊満な乳房をグニュグニュと荒っぽく揉みしだき、押しつぶすように乳首をこね回し、引っ張ったりしてきます。

「ん……はぁ……あ、あふ……」

私もいい気持ちになりながら、手を下のほうに伸ばすと、今度はSさんのズボンのジッパーを下げて、ブリーフの上から股間の膨らみを撫で回してあげます。もうかなり興奮していて、膨らみは硬く尖り、ブリーフの布地をジンワリと湿らせています。

「ああ、エリカちゃん……ふぅ、早く……早くしゃぶって……」

Sさんが切羽詰まったような声でそう懇願してきて、私は、

「うふふ、もうガマンできないの？　せっかちさんなんだからぁ」

と、少し意地悪な感じで応え、そのままずるずると体を下げていくと、Sさんの前

にひざまずきました。

そして、ブリーフごとズボンをずり下げると、目の前にブルンッ！　という感じでSさんのペニスが勢いよく奮い立ちました。

「あ～あ、Sさん、もうガマンできなくて、エッチ汁がだらだらですよ？　このままじゃ床が汚れちゃうわ」

私はそう言いながら、ペニスの裏の鈴口のところをペロペロと舐めて、先走り液を啜ってあげました。

「あ、あう……くぅ……」

「はぁ……おいひぃ……んはぁ……」

私はそのままジュポッと亀頭全体を口中に呑み込むと、最初はゆっくり、でもだんだんと速度を上げて、ジュッポ、ジュッポとペニスをしゃぶり立てていきました。

「ぐぅ、んぐっ、はぁあ……」

Sさんの昂ぶり具合を見ながら、すかさず今度は玉袋をパックリと咥えると、手で竿をしごいてあげながら、クチュクチュと口内で転がし弄びました。ビクビクッとペニス全体が震えて、Sさんがすごく感じてるのが伝わってきます。

「はぁ……エリカちゃん、いいよぉ……す、すごい……」

「ふふ、じゃあこんなのはどうですか？」

私は今の攻撃に加えて、もう一方の手を使い、中指をSさんのアナルに突き入れて、中でグリグリと掻き回してあげました。先に先走り液で指先を湿らせてあるので、痛みがないことは計算ずくで、アナルはヌチュヌチュといやらしい音を響かせました。

「ひ、ひあ……あ、ぐうぅ……！」

いよいよSさんの限界が近づいてきたようです。

私は仕上げにかかるべく、再び亀頭を咥え込むと、片手は玉袋を、もう片手はアナルを責め立てながら、思いっきり激しくフェラチオのラストスパートに臨みました。私ご自慢の三点責めテクです。

そしてほどなく、Sさんはブルブルッと全身をわななかせると、私の口中に大量の白濁液を噴出させたんです。

Sさんのその日のお買い上げ金額は、しめて四万八千円。

まあまあの収穫でしたね。

■あたしは一心不乱に腰を振り立てて、店長のペニスを膣の中で搾り上げて……

憧れの店長との口止め3Pセックスの蕩けるような快美感

投稿者　峰村さやか（仮名）／31歳／パート

スーパーでレジ打ちのパートをしてるんですけど、いつもパート仲間のマキと話してたんです。

店長、すてきだよねぇ。

不倫したいよねぇ。

でも、すごい恐妻家で、それは絶対ないらしいよ？

うーん、残念……！

ところが、そんな店長がある日、街でどこかの若い女と腕組んで歩いてるのを目撃しちゃって……思わずスマホでその二人の姿を撮っちゃいました。

で、マキによからぬ相談を持ちかけて。

ねえ、ねえ、これをネタに店長ゆすって、このことを奥さんにばらされたくなかったら、あたしたちとエッチして！　っていうの、どうかな？

いい、いい！　それ、いいよ！　やろう、やろう！

というわけで、こっそり店長を呼び出して、スマホの画像を見せながら、あたしたちの要求を突きつけてやったんです。そしたら、わかった、君たちのいうこと聞くから、絶対に妻には知らさないでくれ！　って、あたしたちの思惑どおりに交渉はあっさり成立しちゃって。

そうなると、あたしもマキも、もうすぐにでも店長とエッチしたくてたまらなくなっちゃって、早速次の日に実行することにしたんです。店長にパートみんなの休憩時間の順番をうまい具合に調整させて、三十分だけだけど、店長とあたしとマキの三人が同時に休憩をとれるようにして。

ちょうどその時間となり、お店のバックヤードにある従業員の休憩室に、あたしたち三人はそそくさと向かいました。そこは八畳くらいの広さで、隅に飲み物の自販機が設置され、四人がけくらいのソファやテーブルなどが置いてあります。

さあ、時間は全然ないんだから、さっさと始めましょ！　とマキが言い、あたしも、そうそう、と言って、早速二人がかりで店長の服に手をかけ、脱がし始めました。

店長ときたら、まったく躊躇のない、あたしたちのあまりの貪欲ぶりに、ただ目をパチクリさせて、されるがままでした。

店長は三十五歳ですが、阿〇寛似の濃いめのイケメンで身長も高く、でも体は引き締まっていて、本当に〝そそられる男〟なんです。

上下の服を脱がせ、ボクサーショーツ一枚だけの格好になった彼に、同じく服を脱いでショーツ一枚だけの姿になったあたしとマキが、立ったまま絡みついていきます。

今でも週一回のジム通いを続けているという店長の胸筋は、ほどよく盛り上がっていて、少し小ぶりの乳首がなんともいえずセクシーで……あたしとマキは二人で左右の乳首にむしゃぶりついて、ペロペロ、チュウチュウと舐め、吸いました。

あ、あああ……と、店長のせつない喘ぎ声を聞きながら、あたしとマキは目を見かわしながら、乳首は変わらず責め続けたまま、阿吽（あうん）の呼吸で、ボクサーショーツの上から、あたしはサオを、マキはオイナリさんをと役割分担して、サワサワ、モミモミ、コネコネ……と、愛撫を繰り出しました。

すると、すぐにそこは昂ぶりだし、サオはボクサーショーツの布地を突き破らんばかりに、硬く大きく膨張してきました。

ああん、店長のここ、すごぉい……！

ああん、ほんと、しゃぶりたぁい……！

もう大興奮のあたしたちは、ついにボクサーショーツも脱がして店長を全裸にして、ソファに横たわらせました。

　すると、すかさずマキが下半身のほうに飛びつき、店長の勃起ペニスを頬張ると、ズチャズチャ、ヌポヌポといやらしすぎる音をたてながら、しゃぶり立て始めました。

　あたしも舐めたかったけど、でもそれ以上にアソコがたまらなくジンジン疼いてしまい、それをなんとかしてもらうべく、寝そべった店長の顔の上にまたがって、その口に押しつけました。

　ああん、店長ぉ、あたしのオマ〇コ舐めてぇ！

　あたしがそう言いながらウネウネと腰をくねらせると、ニチュニチュと粘つくような音がして淫汁が溢れ出し、店長はそれを啜り舐め取ろうと、舌を肉襞の中に差し込んで、グチュグチュと掻き回してきました。

　あふ、ああ、あ、店長、いいっ……た、たまんなぁい……！

　あたしはそう喘ぎながら、伸ばした手の爪先で店長の両方の乳首をキュウキュウとつねり、弾き回しました。すると、それがまたよかったらしくて、
　わぁっ、店長のココ、今すっごく大きくなったあ！

　というマキの嬉しそうな声が聞こえ、ますますフェラする激しい音が響き渡ってきました。

んぶぅ……ぐふ、うう……ああ、すごい……君たちすごすぎるよ……このままじゃあ、俺、もう……！

あたしの股間の下から、そんな店長の切羽詰まったような声が聞こえてきました。

ああ、あたし、絶対、店長の一番搾りが欲しい！

そう思い、慌ててマキに場所替えを頼みました。

マキのほうももうだいぶ感じてきているので、素直に従って店長の顔の上に腰を沈めると、舌で掻き回されながら、すぐにヨガり始めました。

あたしはというと、もちろん、ビンビンに勃起した店長のペニスの根元を摑んで支えると、そこに向けて腰を下ろし、ズプズプと肉襞の中に呑み込んでいきました。

あ、ああっ、はふぅ……店長のおっきなチ○ポで、あたしの中、いっぱいになってるぅ！　ああん、か、感じるぅ！

あたしは一心不乱に腰を振り立てて、店長のペニスを膣の中で搾り上げました。子宮に届かんばかりにそそり立ったソレは、あたしの中でビクビクとわななき、なんだかもう気が狂いそうな快感をもたらしてきました。

ひあっ、ああ、あ、あん、はぁ……いいっ、いいのぉ〜〜〜っ！

ああん、さやかさんだけずるいぃ！　あたしも店長のチ○ポ、マ○コの中に欲しいよぉ〜〜〜〜っ！

マキが店長の顔の上で腰を振りながらそう訴えましたが、今この場は絶対に譲れません。あたしはさらに膣肉の締めつけをきつくしてペニスを搾り上げ、これでもかと責め立てました。すると、

あ、ううぅ……も、もうだめだ……で、出ちゃうよ、あ、あうくぅ！

ああん、店長、出してぇ！　あたしのマ○コの中に熱くて濃ゆいの、いっぱいぶちまけてぇっ！

とうとう店長は射精し、あたしはイキまくりながら、その大量のザーメンを下の口で、思う存分ゴクゴクと飲み干したんです。

その後、今度はマキが店長に挿入してもらい、あたしは快感のあまり全身が脱力し、惚けたような顔でその様子を見つめていました。

憧れの店長とのセックスは想像以上によくて、せめてあと二〜三回は、この口止め関係を続けなきゃねと、心の中でほくそ笑んだあたしでした。

■私は丸見えになった教授のアナルに、ズブブ……と尖ったヒールを突き入れて……

卒業単位取得のためにドM教授を淫らに責めいたぶって！

投稿者　岩瀬京子（仮名）／22歳／大学生

大学二年のとき、妊娠しちゃって……でも、どうしても堕ろしたくなかったし、大学もちゃんと卒業したかったもので、結局当時大学四年生で今社会人二年生のカレと学生結婚して、出産したんです。

なので今は、大学の近くにある私の実家に、私と夫と子供の三人で住まわせてもらい、大学に通う傍ら、母に子供の面倒を見てもらっているという感じです。晴れて私が卒業し、夫の収入がもっと増えたら実家を出て自立しようということで。

そしてさあ、いよいよ今年がその卒業の年なんですが、どうしても単位が足りなくて四苦八苦。その教科の担当教授（五十七歳）はド真面目で融通が利かないことで有名で、私はどうやって懐柔しようか、さんざん策を練ったんですが、とうとう、教授の驚くべきウイークポイントを知っちゃったんです。

それは、教授が密かに筋金入りのドMだということ。

私は、ここを攻めるしかない、と一計を案じました。

ある日の朝、そっと教授の机の上に、一通の封筒を置きました。そこに入っているのは、私が女王様に扮してバタフライマスクをつけ、セクシーかつサディスティックに見栄を切ったところを自撮りした写真……私はプロポーションにも自信があるので、これで落ちなきゃ仕方ない、というつもりで誘惑の賭けに出たんです。

そして結果は……見事、成功！

写真の裏に書いた私の携帯番号に、教授から電話がかかってきました。

「あの写真、目をバタフライマスクで隠してるけど、本当に岩瀬くんなの？」

「はい、私です。お気に召しました？　先生が単位取得に便宜を図ってくださるんだったら、私もがんばらせてもらうつもりです」

「そう……じゃあ、ちょっとがんばってもらおうかな。僕のこと、満足させてくれたら、単位取らせてあげるよ」

翌日、私は午後イチの講義が終わった教授の個人研究室に向かい、ドアをノックしました。私はもう教授の教科以外の受講はないし、教授もこのあと二コマは担当講義はないっていうことでした。

教授はドアを開けて私を中に迎え入れると、即内側から鍵をかけました。そして、施錠した瞬間、それまで平静を保ってた表情を崩し、明らかに刺激に飢えた上気した顔になり、息を荒げだしました。

「はぁ、はぁ、はぁ……岩瀬くん、そのコートの下はもちろん……?」

「ふふ……ええ、あの写真でお見せした格好ですよ。じゃあ、準備はいいですか？　このコートを脱いで私が女王様になった瞬間、先生には一匹のオス奴隷に成り下がってもらいますよ?」

「あ、ああ、わ、わかった……だ、だから、早く……っ!」

私はニヤリと笑うと、ボタンを外して、ぱさりとコートを下に脱ぎ落としました。

黒いレザーのブラジャーとパンティーにガーターベルトを着け、思いっきりかかとの尖った黒いピンヒールという私の姿に、教授は目ん玉をひんむき食い入るように釘づけになり、ますます息を荒らげちゃってます。

私は仕上げに、同じく黒いバタフライマスクを顔に装着し、（これもすべて単位のため!）と心の中で唱えながら、

「ほら、この薄汚いオス豚が!　ぼーっと突っ立ってないで、さっさと服を脱いで裸になりな!　そのみっともない体をお仕置きしてほしいんだろ?」

と、自分のなかの女王様スイッチを入れて怒鳴りつけました。

「は、はいっ！　も、申し訳ございません、女王様ぁ！」

教授は面白いくらい真剣に反応し、半べそをかきながら自分で服を脱いでいきました。やはり、噂にたがわぬドMの変態おやじのようです。

その姿を見ていると、なんだか私の密かなS嗜好も刺激されてくるようで、気持ちがだんだん昂ぶってきました。

「ほら、じゃあ四つん這いになってアタシのヒールを舐めな！　その醜い舌でピカピカにきれいにするんだよ！」

「は、はいぃ……！」

教授は全裸になり、そのみっともなくたるんだ肉体をさらしながら、犬のように私のピンヒールの爪先をぺろぺろと舐め始めました。

でも、一箇所だけ……そうやって情けない行為をしながらも、たるむどころかどんどん張り詰めていく部分が……そう、教授は自分の股間を大きくさせていたんです。

(く〜っ、キモ〜ッ！　ほんとにいじめられてチン○ン大きくさせてるよ〜！)

そう思うと、ますます私のテンションも上がっちゃいました。

「おいおい、なにチ○ポ大きくさせてんだよ！　キモイんだよ、このクソがぁ！」

私はそうなじりながら教授の後ろ側に回り込むと、脚を上げて、丸見えになったそのアナルに、ズブブ……と、尖ったヒールを突き入れてやりました。

「ヒッ、ヒ、ヒィ〜〜〜〜ッ！」

さすがの教授も、そのあまりの激痛に絶叫しました。

ふと見てみると、アナルからは血が出ていて、私もさすがにやり過ぎたか、と不安になったのですが、それはとんだ思い違いでした。

だって、教授はますます激しくペニスを勃起させてたんです！

私はあらためて変態のおぞましさに震えながら、それなら遠慮なくと、グリグリとヒールをねじ込むようにしてやりました。すると、

「はひ、ひぃ、ぐはぁ、いい……いいです、女王さま〜ッ！」

と、教授は随喜の涙を流しながら悦び、勃起ペニスの先端からもタラタラと先走り液をこぼし、ビクビクと震わせています。

私は教授の体を蹴飛ばして転がし、仰向けにさせると、今度はその勃起ペニスをヒールで踏みつけてやりました。もちろん、タマもつぶれてしまえとばかりに、グニグニと容赦なく！

「あひ、ひぃ……ぬはぁ！　ぐ……ぬがぁッ！」

さらに醜くも激しくヨガる教授……ああ、アタシもなんだかおかしくなってきた

……アソコがアツイよぉ……私もたまらなくなってしまって、自らガーターベルトを外し、レザーパンティーを脱ぐと、教授の顔をまたいでアソコをその口に押しつけました。そして、手を前に伸ばしてペニスをしごきたてながら、

「ほら、アタシのマ○コ、ちゃんと舐めないと承知しないよ！」

と命じ、腰をよじらせて、グチュグチュと秘肉をこすりつけました。

教授も必死に肉汁を啜り、襞を掻き回してきて……、

「んあっ……あぁっ、んっ、んっ……あふぅ……」

私もどんどん気持ちよくなって、その昂ぶりのあまり、思わずレザーブラジャーも外して、自分で胸を揉みしだいてしまいました。

そして、もうどうにもペニスが欲しくなってきてしまって……たまらず立ち上がると、体の向きを変えて教授の顔を見下ろす格好になると、極限までビンビンに勃起したそのペニスに向かって腰を下ろしていき、ついにパックリ開いた肉割れにソレを呑み込みました。

「あ、ああ、女王様ぁ、そ、そんな……高貴なオマ○コに下賤なチ○ポを……も、もったいない！」

教授はそう言いながらも、自らも下から突き上げるようにしてきて、私の肉洞をズ

イズイと貫きました。

「あっ、はふ……ああ、も、もっと……もっと激しく!」

「あ、ああ……じょ、女王様ぁ〜〜〜〜っ!」

教授はそう言いながら、下から私の胸を押し上げるように揉みしだき、さらに大きく腰を跳ね上げてピストンの速度と深度を上げてきました。

「あ、あああ、あ、あ……イ、イキ、そう……!」

とうとう私は絶頂に達してしまい、崩れるように教授の上から転げ落ちると、まさにその瞬間、ペニスがドピュ、ドピュと精子を噴き上げるのが見えました。

「ふぅ、岩瀬くん、最高によかったよ。約束どおり、単位は約束しよう。で、ものは相談なんだけど、その、これからもつきあってくれないかな? もちろん、多少のお小遣いはあげるから」

「え〜っ、どうしようかなぁ……?」

と、教授の申し入れにちょっと躊躇するふりをしながら、実はM男いたぶりエッチの快感にハマりつつある自分を実感する私だったんです。

■彼はしばし、少し濃いめの私の茂みを鼻先で弄んだあと、ついに舌先がチュプリと……

一つ屋根の下に住む義弟との背徳の快楽関係に溺れて！

投稿者 八木百合子（仮名）／33歳／専業主婦

自分で事業を興してがんばっていた主人の弟のアツシさんでしたが、残念ながら失敗して自己破産してしまって……。家も手放すことになり、とりあえず次に住むところが見つかるまでということで、アツシさん夫婦をうちに住まわせてあげていたことがあります。

ほんの一ヶ月間のことでしたが、それは絶対に許されない、でも、私にとっては世にも甘美な日々だったのです。

アツシさん夫婦がやってきてすぐに、彼が私に対して、単なる義理の姉と弟という関係性以上の好意を持っていることがわかりました。私を見るその目は、いつも濡れたように妖しい光を放ち、明らかに欲望をたたえていたのです。

その頃、私と主人は完全なセックスレス状態で、それはアツシさん夫婦のほうも同じような状況だったらしく……でも、向こうはうちとは逆で、アッシさんの欲求に対して、奥さんの久実さんが応えてくれないとのことでした。

それぞれのパートナーに対して不満を抱えている男女が、一つ屋根の下に暮らしていれば、惹かれ合ってしまうのは時間の問題だったのかもしれません。

ある日曜日、主人はぶらぶらとパチンコに行き、久実さんは買い物に。家には私とアッシさんだけが残されました。

私はキッチンで洗い物をしていました。

すると、すぐ背後に気配が。

もちろん、アッシさんしかいません。

彼は後ろから私の体に手を回し、ぎゅっと抱きしめてきて、言いました。

「あれ？　こんなことされて、驚かないんですね」

「ええ……いつ来るのかなって、思ってたくらい」

「そうですか。逆にお待たせしちゃった感じ？」

「ふふ……」

私はそのまま振り向いて、アッシさんの唇に自分の唇を重ねました。小鳥のようにお互いをついばみ合って、そのうち舌と舌を絡ませ合いました。さっきとは打って変わって、じゅるじゅると激しくお互いの舌を吸い合い、唾液を啜り合いました。二人の唾液が溢れ混ざり合って、顎から首筋、鎖骨のほうへと滴り落ちていきます。

「はふ……はぁ、んはっ……」

「んじゅぷ、ぬぷ……はぁ……百合子さん……」

そのまま私たちは、何かに憑かれたかのように無我夢中になって、お互いの服を剥ぎ取るように脱がせ、キッチンの窓から差し込む昼下がりのけだるい陽光の中、裸で抱き合いました。

そのまま私は背中をシンクの淵に押しつけられ、乳房に取りついてくるアッシさんの圧力を受け入れました。

それほど大きくはないけど、形のきれいさがちょっと自慢の私の乳房を柔らかく揉みしだきながら、アッシさんは乳首に舌を絡め、吸ってきました。ピチュピチュ、ニュプニュプと赤い突起を入念に弄ばれ、えも言われぬ快感が私を満たしていきます。

「あ……はぁ……き、きもちいいわ、アッシさん……」

「ああ、百合子さん、なんてきれいで……甘いカラダなんだ……もっといっぱい気持ちよくなってくださいね」

彼はそう言いながら徐々に体をずり下げていき、お腹からへそ、下腹部と口を滑らせ、とうとう私のアソコをとらえました。しばし、少し濃いめの私の茂みを鼻先で弄んだあと、ついに舌先がチュプリとワレメの中へ……。

「んあっ……あふ、あ、あぁん……」

内部で蠢き、掻き回してくる彼の舌の動きに翻弄され、私は下半身をわなわなと震わせながら、感じ悶えてしまうのです。

「ああ、美味しい……百合子さんの蜜、蕩けるように甘いです……」

ペチャペチャ、チュバチュバといやらしい音をたてながら、私の淫蜜に舌鼓を打つアツシさんは……喘ぎながら、ふと見ると、彼の股間ももう猛々しくそそり立っています。その瞬間、私のほうも彼を愛してあげたくてたまらなくなって……彼の肩に手を置いて起立を促すと、今度は攻守交替。

逆に彼をシンクの淵を背にもたれかからせて、しばし乳首を舐めて可愛がってあげたあと、股間で雄々しく存在を主張しているたくましいペニスを咥え込みました。頬張ると口いっぱいになる亀頭の張り出し……その縁に舌をニュルニュルと這わせてあげると、アツシさんは、

「お、おお……いい、気持ちいいです、百合子さん……あくぅ……」

そう言って感じてくれて、私は嬉しくて、ますます行為に熱が入ってしまいます。

彼の玉袋をこねこねと揉み転がしながら、竿の先端からズッポリと呑み込み、ジュルジュルと前後にしゃぶりたてながら、喉奥でキュウキュウと締めてあげて……。

「あぁっ、はぁ、百合子さん、百合子さん……くぅっ！」

彼はたまらず射精してしまい、私はそれをゴクンと飲み下していました。

「ああ、すみません、百合子さん……でも、百合子さんに僕のを飲んでもらえるなんて、嬉しいなあ」

彼はそう言うと、今飲精したばかりだということをまったく気にするふうでもなく、私に濃厚なキスをしてきました。

再び舌を絡めて啜り合っているうちに、あっという間にまた、彼のペニスが勃起してきました。今出したばかりだというのに、完全にたくましく勃起しています。

「ふふ、こんな絶倫ですみません。これが逆に久実が嫌がる理由なんですよねぇ……どれだけやれば気が済むんだ！　って（笑）」

自嘲気味に言うアツシさんに、私は、

「私は大歓迎よ。もう、したくて、したくてたまらないの」

「百合子さん……！」

それから私たちはリビングへと移動し、ついに一つになりました。

私はバックが大好きなので、まずはそれから。

ソファの背に手をついてお尻を突き出すと、アツシさんがそれをガッシリと力強く鷲掴んで、後ろから激しく刺し貫いてきました。

「あ、あ、ああっ、アツシさん、すご……すごいの、ああ、いいっ！」

「はぁはぁはぁ、百合子さん！　百合子さんの中、ヌメヌメと熱く絡みついてきて……サ、サイコーだぁっ！」

私はすぐにオーガズムに達してしまい、でもすぐさま、今度は正常位、そして次に騎乗位と体位を変えながら、待ちに待ったセックスの快楽をむさぼりまくったのです。

そして、いったい何度イッてしまったことでしょう。

気がつくと、アツシさんと愛し合い始めてからもう二時間ほどが経っていて、もういつ夫や久実さんが戻ってくるかわかりません。

いい加減、切り上げた私たちでしたが、その後、アツシさん夫婦がわが家にいた四週間ほどの間に、他の二人の目を盗んで、十回以上の関係を結び、まさに至福のときを過ごすことができたのです。

その後、アツシさんも生活を立て直し、がんばって働いています。

またいつか、彼と愛し合える日を夢見ている私なのでした。

人妻手記
とにかく不倫したい女たち～妻たちの真実告白

平成30年5月4日　初版第一刷発行

発行人　後藤明信
発行所　株式会社　竹書房
〒102-0072　東京都千代田区飯田橋2-7-3
電話　03-3264-1576（代表）
03-3234-6301（編集）
ホームページ：http://www.takeshobo.co.jp
印刷所　中央精版印刷株式会社
デザイン　株式会社　明昌堂

定価はカバーに表示してあります。
乱丁・落丁の場合は小社までお問い合わせください。
ISBN 978-4-8019-1452-0 C0193
Printed in Japan

※本書に登場する人名・地名等はすべて架空のものです。